JN000573

旅する練習

乗代雄介

講談社

亜美の中学受験は無事に終わった。学力もぎりぎりのところで周囲も心配していたが、本人の楽観と勉強への身の入らなさはそれ以上で、塾に行く以外の勉強はほとんどしなかったと聞いている。

一月の練習代わりの受験にあっさり失敗し、両親と塾の先生たちを青ざめさせて東京受験の二月一日を迎え、試験が終わった昼頃に「いやー」と電話があった。「国語がいちばん出来なかったよ」

塾講師をしていた私は何度かその科目を教えたことがあった。その時の感じでは、勉強ができるとはお世辞にも言えない。なははと笑った声は明るく、こっちだって何の責任も感じないけれど、少しは不安にならないでもない。

「まー大丈夫だって！」とさっぱりした声。「たぶん、ぜったい受かってるからさ！」

何の根拠もない自信の通りに合格していたのだから大したものだ。お祝いの騒ぎが一段落した夜にまた電話がかかってきて、浮かれた自画自賛をひとしきり聞いたところで「これでサッカーに集中できるな」と口を挟んだ。

「それがさー」と声は低きに急転回する。「おかーさんが特待狙ってあと三回？　明日と明後日も受けろとか言うんだよ。せっかく合格したのにさー、ひどくない？」

「がんばって特待に引っかかったら、新しいトレシューでも買ってくれるんじゃないか。そろそろ替えなきゃって言ってたろ」

「そっか！」弾む声は息のかかった音でざらついた。「交渉してみよーっと。ダメだったらにーちゃんからも言ってくれなきゃ困るからね。そんで、明日は午前も午後もずっと試験だからダメだけど、明後日は午前だけだから、学校行くより早く帰れるみたい。だからさ、明後日さ」とそこで声がそっぽを向いた。「おかーさん明後日ってあたし何時に帰って来れんのー！」二時か三時、お昼ごはん次第だという旨のがなり声が遠く聞こえる。「え、外で食べるの⁉　やったー！」の快哉のあと、あそこの駅ビルの上の階のお店のオムライス、ほら学校見学の時も食べたヤツという会話を聞かされた末、ようやく「もしもーし」と声が戻ってきた。「三時には帰って来れるらしいから付き合ってね！」

何に？　練習に——と言う必要もないぐらいにはこの数年間、何度も何度も呼び出されてきた。いつ声をかけてものこのこ出て来るそこそこ球の蹴れる相手なんて、私

——近くに住む小説家の叔父さんぐらいしかいないのだ。にーちゃんと呼ぶのは小さい頃からのならいである。

所属する少年サッカーチームの子はそれほど近所に住んでいないし、男子に連絡して呼びつけるのも気が引けるだろう。亜美は言ってしまえばその弱小チームでただ一人の女子で、しかも一番上手かった。それほど偏差値の高くない私立中だけを志望したのは、そこが女子サッカーの名門だからだ。

「それで頼み事があるんだけど……」改まったような芝居くさい小声になった瞬間、自分で耐え切れずにあっさり戻る。「ばっちり合格したわけだし、聞いてくれるよねーもちろん」

内容によると言い終える前に「明後日言う！」とまっすぐな言葉が割り込んできて、叩きつけるような「おやすみ！」と同時に電話も切られた。

＊

互いの家は都県境の川を挟んだところにあって、いつも河川敷のグラウンドで待ち合わせる。本当は許可がいるのかもしれないが、平日の午後はたいてい誰もいないからゴールも勝手に使えた。

さっき買ってもらったばかりのトレーニングシューズを履いてきた亜美は、昨日、三段階ある特待制度のうち一番下の入学金免除だけを見事に勝ち取ったところだ。その夜は飛び跳ねて、最初に合格した時より喜んでいたという。

「ヒールに入った赤がオシャレでしょ」足をひねって爪先を立て、かかとを嬉しそうに見下ろす。「お店で一番高っかいの選んでやったんだ。二十三センチだからちょっと大きいんだけど」

ミズノのモレリア、黒の定番モデルのベロなし。シンボルマークの白いランバードが文字通りサイドに走っている。

亜美はその真新しいシューズに時々目をやりながら、いつも通りの練習をこなした。最後はシュート練習と相場が決まっている。ペナルティエリアの外からやるんだと自分で言って聞かないけれど、キーパーとして立つこちらも経験者だから女子小学生のシュートがそうそう入るわけがない。入る時はゴラッソだ。大喜びしてそこで止めればいいものを、まだやるまだやると言ってまたさんざん入らず、いつも悔しさに顔をゆがめて練習を終えることになる。

「かかとの靴ずれがなー」途中からしきりに繰り返していた文句をまた言って寝転がり、大きく息をしながら暮れかけの空を見上げている。それで突然「あ」と顔を向ける。「すっかり忘れてた、頼み事」

唐突さに笑いながら促すと、亜美は体を起こしてあぐらをかいた。

「去年の夏に鹿島に合宿行ったじゃん」

「そうだっけ？」

「言ってなかったっけ、まーいいや。そこで夜、あたしだけみんなと部屋がちがくってさ。女子はおばさんたちと同じ部屋でとか言われちゃって、別にいーじゃんケチって感じなんだけど、しかもおばさんたち洗濯とか明日の準備とかしてて全っ然帰って来ないし、めちゃめちゃ暇になっちゃったのよ。で、階段のとこにちっちゃい本棚あったからチェックしたんだけどマンガとかぜーんぜん、『静かなるドン』ってゆーのしかないし。だから文庫本テキトーに一冊とって部屋に戻ったの」

「珍しいな、本読むなんて」

「でしょ？」と指さしてくる。「しかもなんとなんと、それがめちゃくちゃおもしろかったんだな！　あたしもちゃんと本読めるんじゃんってちょっと感動しちゃってさー」

国語が苦手な亜美はほとんど本を読まない。私の本なんか当然読めるはずもなく、なぜかサインだけ頼まれたきりそのまま埃をかぶっている。

「で、その本、持って帰ってきちゃったんだよね、こっそり」

微妙な顔で黙っているこちらを察して、「だっておもしろかったんだもん、しょーがないじゃん」とバツが悪そうに口をとがらせる。「でも大丈夫、今は机の引き出しにカギかけて隠してるから。おかーさんにもおとーさんにも言えないもんね」

「大丈夫ではないだろ」

亜美はちょっと自嘲気味に笑って視線を川の方に逸らすと、ふと真面目な顔で「うん」と言った。「だから、それを返しに行きたい」

＊

数日後、亜美は、きれいさっぱり忘れていた合宿所の名前を「どーにかこーにか怪しまれないよーに」母親から聞き出してきた。スマホで調べて確認する。

「あ、ここ、ここ。裏にグラウンドがあって、近くは工場だらけで、白い煙が出てて、風車がいっぱい見えるんだ」

鹿島臨海工業地帯の北の端の辺りで、最寄り駅は鹿島神宮駅。その先の鹿島サッカースタジアム駅は、試合開催日だけの臨時駅となる。

私は、亜美の卒業式が終わったら、鹿島アントラーズのホームゲームを二人で観に行くついでに本を返すという計画を立てた。鹿島は初めてだが、試合観戦のための一泊旅行ならこれまでに何度もしたことがあるから怪しまれもしないだろう。

「これだ！　春休みの四月四日、アントラーズ対レイソル！」
具体的な日も決まったところで、状況が一変した。

臨時休校期間

新型コロナウイルス感染拡大防止のため、市立小中高等学校を臨時休校にいたします。三月二日現在の予定であり、今後変更があった場合は、ホームページなどで周知いたします。

・小学校
令和二年三月二日（月曜）午後から三月二十四日（火曜）まで
修了式、卒業式については、三月二日現在、卒業生のみで実施する予定で検討しております。感染と鎮静化の状況を考慮し、詳細が決定いたしましたらお知らせいたします。

学校も所属するクラブの練習も最後の大会も全てなくなって、我々は、毎日のように河川敷に集まった。

「練習ぐらいしたってよくない？　ほんっと最悪、うるさいお母さんがいるんだって。ぜったい野々山のお母さん」

ボールに空気を入れながら、言わんでいいとつぶやく。

「旅の計画もパーだしさー」

感染拡大で開催の有無が読めず、我々の計画も立ち消えになった。真っ昼間から練習できるのは嬉しいことではあるが、楽しみがまとめてなくなったのはこたえたようだ。「家ではヨーロッパサッカーと、あとは夜におかーさんが帰ってきたら毎日『おジャ魔女どれみ』見るから一緒に見てる、今夕ダで見れるんだよ、おかーさんぼろぼろ泣くからおもしろいよ」とかいう話をする間、準備体操にもとりかからず、あぐらをかいて届く範囲の冬の冷たい草をぶちぶち抜いていくものだから、湿り気のある黒土が、亜美の真後ろを除いてきれいに円く起こされた。立ち上がってそれを眺め、「視力検査みたい」と思いつきに歯を見せても、つまらなそうな全体の表情はひっくり返らない。「あたし、めっちゃ目いいの、知ってる？」と言いながら、のろくさい屈伸は途中で止まった。

これまで何度か試合を見に行ったが、それほど強くないチームの中で、亜美だけが気を吐く姿は痛快だった。相手チームの監督が途中からマークを増やして対応したり、閃きのあるドリブルやパスに相手チームの保護者たちから拍手が上がったりする。特に、一度足元で軽くすくい上げてからインステップボレーで蹴るシュートやサイドチェンジは、キック力のない亜美がよくするプレーで、苦肉の策とはいえ華麗に見えるから必ず歓声が上がった。もちろん、相手が本当に強い時はほとんど何もできずにつぶされる。そのふてくされ寸前の顔を見るのもまた楽しみだった。サッカーが一番だから休校をどう思っているか知らないが、とにかく小学生最後の試合がなくなるのは気の毒だ。

「しかも、どっこも行けないのに中学から宿題どばーって送られてきてさ。まだ入学もしてないのにだよ？　算数と社会と理科はなんか冊子の問題集で、国語は日記帳」

算数じゃなくて数学だ。「日記帳？」

「こーんな薄いけど」親指と人差し指を近づけて顔の前に出す。「意外と十ページもあるの。日記っていうか、文章っていうか、本や映画の感想文でも、考えたことでも何でもかまいませんだって。試合があったら試合のこと書いたけど、試合ないもん」

いつもよりは天端《てんば》の舗装路を歩く人が多く、小さな子供連れが目についた。それを見上げて「やな宿題はぜーんぶゴミ箱にすてちゃえ〜」と『おジャ魔女どれみ』の歌を口ずさむ亜美の両親は共働きで、コロナウイルスの影響も今のところはないらしく、普段通りに平日出勤している。こんな状況では、「卒業の姪と来てゐる堤かな」という気分でもなかった。

練習を始めるとさすがにきびきびした動きになったが、いつもの元気はない。放ったボールをインサイドボレーで返してくる亜美に私は言った。

「試合はできないけど、合宿に行くか」

「え？」と声が出ながらも、胸元へ正確なボールが送られてきた。「どこに？」

利き足とは反対の左足へボールを投げる。「鹿島へ」

上へずれた強い返球をなんとか取ると、亜美はステップを止めて私を見ている。

「どうやって？」

「歩いて」私はボールを足の甲に落として乗せたまま少し泳がせたが、落としそうになって、亜美の方に掬い上げるように渡した。

膝を折って反らした胸に、ぴたりというわけではないがひとまず止めて、そのまま足下に落とす。「どのくらいかかる？」

「もたもたしなかったら四、五日ぐらいかな」

「泊まるの？」

「もちろん」

「合宿だったらさ、練習もする？」

「利根川の堤防道をドリブルで歩く。ほとんど誰もいないし、好きな時に河川敷に下りればボールも蹴れる。不要不急の外出でも、この辺で街をうろつくよりはよっぽど感染対策になるかもしれない」

大きく息を吸い込みながら見開かれていく目。

「練習しながら、宿題の日記を書きつつ、鹿島を目指す」

「行く！」挙手して叫んだ。

「そして最後に本を返す」

「完ペキ！」

うれしい悲鳴と、膝も曲げずに硬いバネのように細かく続けざま跳ねている様を「ただし」と制して見下ろすと、亜美の動きは一応止まった。取り残されたような笑顔に「一つ条件がある」と私は言った。

＊

「宿題の日記帳」

「持った」

「ボール」

「当たり前」

「空気入れ」

「大丈夫」

「シューズのメンテナンス道具」

「まかせて」

「着替え」

「おかーさん」

妙な返事に言葉が出ず、淀みない車内アナウンスが急に耳に入ってきた。

「に任せたから平気」

平日の下り電車は、コロナウイルスの影響もあってか乗客はさらに少ない。それぞれ荷物が大きいから、二人で四人分の席を陣取っていた。

亜美は紺のベンチコートに身を包み、その下はジャージ。もちろんモレリアを履いて、見えないけれどソックスは目いっぱい膝上まで伸ばすのがいつものスタイルだ。

「今着てるやつは毎日よーく手洗いして干して着ろって言われた。荷物軽くしろって」

姉の言いそうなことだが、手間だからホテルで洗濯機を回すつもりだ。

「何日かかる?」

「一週間以内なら何日でもいいって言われたけど」どうなるかはわからない。亜美の体力次第だ。「忘れ物チェックはもういいか?」

「ダメダメ、大事なものを忘れてる！」と亜美は首を横に振った。「本！　これを返せたらゴール！　忘れ物なし！」

「鉛筆は？　筆箱持ってきたか？」

「あっ」と口を開けたところに哀れみと軽蔑の目を向けると「貸してもらうつもりですので」と言い訳した。「ほらほら、小説家の筆記用具っていかにも書けそーじゃん？」

「旅に出るにあたっていくつか条件を出された」と無視して言う。「夕方までにホテルに入る。しっかり寝る。朝ごはんをちゃんと食べる。国語の宿題を終わらせる」

「げー」

「調子が悪くなったらすぐ帰る。トイレットペーパーあったら買って来て」

「あーそうそう、うちやばいんだよ。あったら買おうね」

「ほかは全部まかせるだとさ」

亜美がこちらをじっと見る。

「なんだよ」

「なんか、おかーさんに異常に信頼されてるよね」

「そうか？」

「うちのおかーさんっていろんなことにうっさいじゃん。いっつもおばーちゃんとやり合ってるし、塾の先生とも学校の先生とも時々もめるし、しょーじきモンスターペアレントのぎりぎり一歩手前って感じ。でも、ここにだけは何にも言わないからさー」

「もめない相手しか信頼できないんだよ」私は姉の顔を思い浮かべながら言った。「もめないことが信頼の証になっていく。それを何年も何十年も積み上げないといけない」

「よくわかんない。姉弟だからじゃなくって？」

そうかもしれないが、そうではない姉弟もいるだろう。

「一回もケンカしたことないんだっけ？」

「ケンカどころか口答えとか、何か意見したこともなかった。でも、大人になって一つしたら、だいぶ対等になった」

「ふーん」亜美は上の方がボールの形に突っ張ったリュックサックに腕を垂らして振り返り、窓の外を見た。「最初の一つ目ってなに？」

私も同じ方を見たら、そろそろ我孫子《あびこ》駅だ。我々はここから出発する。

「忘れた」

一八九六年に常磐線の駅が開業したことで、我孫子は手賀沼《てがぬま》を望む丘上の別荘地として注目された。嘉納治五郎が敷地に今も残る三本のシイの木から三樹荘《さんじゅそう》と名づけた別荘を構え、後に親戚関係から柳宗悦が暮らすようになると、彼の友人たちが集まってきた。白樺派の志賀直哉に武者小路実篤、陶芸家のバーナード・リーチ。

志賀直哉の邸宅跡は台地の上ではなくその裾あたり、沼辺からものの数分のところ、我孫子駅から手賀沼に出る手前で曲がった崖下の道にある。今はその跡地として、裏手の崖地の木々も含めて整備され、何度か移築されたという凝った書斎だけはその姿を保存されている。母屋はもうないが、その実寸の間取りがコンクリートで示されていた。

人気のない風景を描写するというのは私の三年ほど前からの趣味や仕事であった。私はベンチに座ってノートと一・四ミリのシャープペンシルを出した。

「この旅に連れて行く条件ってやつね」と亜美は平気な顔でボールをなでている。「書いてる間、あたしはボール蹴って待ってる」

「大人しくな」

三月九日　11:40 ～ 12:12

ハケの道は崖線沿いの道全般を指すが、ここでは、手賀沼公園のある小さな入江から崖の前を通る文化財の多く残る道を通りの名にしているようだ。住宅の並ぶ細い道に面した、一段上がった存外広い敷地が志賀直哉邸跡である。当時の庭木が多く残るというが、一際目立つのは立派なスダジイで、赤い花をたっぷりつけたヤブツバキの上に、葉でいっぱいの枝を伸ばしている。一枚一枚が薄い箔を貼ったような金色の裏側をこちらに向けているせいで、どうも小判がたくさん並んだように見える。北の急斜面は雑木林で、大きな常緑樹のいくつかは南のスダジイとともに陽光を遮って、梢を鳴らしながら敷地のほとんどを日陰につくっている。白い光に照らされているのは、今はない志賀直哉邸の母屋の間取り図の描かれたコンクリートの平台ぐらいなものだ。そこへ何本かのヤツデが大きな葉を垂らしかけている。ヒヨドリのやかましい長い声が降ってきた。見上げた目が、あちこちにあるツバキの赤い花をいっぺんに認め、思わずその一つ一つへ視線を送っていくせいで、その姿が見つからない。その声に一番近いツバキの花をさがそうとしてしまっているうちに、もうヒヨドリは飛び去ったらしく、また木々のさざめきだけになった。

84

亜美は最初は土の上で、それから間取り図の土間の辺り、日当たりのいいところに場所を移してリフティングをしていた。別に志賀直哉も、自分が生活していた百年後に小学生がボールを蹴ったからって怒りはしないだろう。

「これからこれを、鹿島までずーっと？」

「そう。歩く、書く、蹴る」

「歩く、書く、蹴る」鸚鵡《おうむ》返しに一言加える。「練習の旅」

嬉しそうに何度もうなずいて「いいねっ」と笑う亜美はボールさえ蹴っていればたいてい機嫌がいい。私が書いてさえいれば機嫌がいいのと同じように。

「ちなみに今、最高何回だった？」

「八十四」と恥ずかしそうに言った。「五十で何回か落としちゃった」

今までの最高は百五十九回だと言うのでこの旅での目標を訊くと、五百回とあまり現実的でない数を言い放つ。冷めた目を向ける私に、開ききったパーを突きつけ顔を輝かせる。

「あたしの練習の旅に不可能はない！　さあ、次はどこ？」

どこか書きたいところがあったらだから、わからない。道路ではドリブルもしないと約束させると不満そうにするので、手賀沼に出れば遊歩道があり、それからはほとんどずっと沼沿い川沿いの道だと説き伏せる。鹿島までの道のほとんどでボールが蹴れるようなルートを私は選んでいるのだった。

しかし、そう言っておいてすぐに手賀沼に出ることはなく、「瀧井孝作仮寓跡」の案内を見つけ、また崖の方へ上っていくことになった。瀧井孝作の名を見て、『無限抱擁』の講談社文芸文庫版の解説が古井由吉だったことを思い出したからだ。
二週間ほど前にその死が報道された作家が、恋愛小説としても私小説としても「日本近代文学史上の屈指の作品」とする『無限抱擁』は、この地「子の神の松林の中で外からは、門、甃《いしだたみ》、玄関、倉の窓が見えます。庭へ入ると離屋《はなれ》が二つもありました」という、その離れで書かれた。

三月九日　12:23～12:59

志賀直哉邸跡から少し東、子の神古墳群の円墳の二つがはっきり残っているところに、瀧井孝作の仮住まいがあったという。今、一帯は公園を兼ね、民家はあるが、生け垣と様々な木が立ち並んで落ち着く雰囲気だ。そこに一台だけ置かれたベンチに座って書いている。前にはサザンカ、後ろにはトウネズミモチがよく育ち、枝先の葉を振り合うようにしてベンチの上にアーチをかけ、手賀沼の真上から照りつけている太陽の光を心地よく遮ってくれている。園内にはタチバナや園芸品種のツバキも植えられ、盛りの梅と一緒に目を楽しませてくれる。手賀沼に面した斜面には高く茂ったヤブツバキが何本も並び、濃い緑に赤や白の花を散らしている。そこへ一羽のヒヨドリがやって来た。つんと尖った黒のくちばしが花粉の黄色に染まっているのを気にも留めず、細い枝を沈ませてとまり、花の中を横からのぞきこむように顔をつっこんでは、顔中にまた黄色を足していく。花を背に向き直れば、赤い耳羽とあいまった派手な顔が濃緑に浮かび上がる。満足げにくちばしを動かしている。

１０２

「あの鳥、何?」

書き終わる頃に亜美が来た。ヒヨドリだと教える。

「ほっぺかわいーね。お化粧してるみたい」

「そっちの調子は?」

「あったかいし、土も硬めでいい感じだよ。そんで百いった、百二!」

ホテルで日記を書くために色々覚えておけと言うと露骨に面倒くさがり、大げさに肩を落とした。「せめて回数だけでもそっちに控えといてよ」

「なるほど」私は感心しながら記述の最後にその数字を書き加えた。「さっきは何回だっけ?」

「八十四」

それを隣のページに書き添えた。だいぶ増えている。

「でも体力ないんだよ。七十超えたらちょっとへばってくるもん」

我々は再び崖を下り、住宅街を歩いて手賀沼に突き当たった。とはいえフェンス越しの堤が高く、水は見えない。散歩のための細道に、低い生垣だけをはさんで家々の庭が面している。しばらく歩いてようやく視界が開けると、亜美は歩みを止めて手賀沼の水面を先まで見渡し、感嘆の声を上げる。ついでにボールを出すのを許したら、景色をさがしながら歩く私の先を嬉しそうに駆けていった。広いところに出るとボールをこねて待ち、人がいないのを見計らって私にパスをくれ、リターンを要求して身構える。

私は地図を確認しながらボールを返した。「もう少し行ったら鳥の博物館があるな」

「鳥の博物館？」少し考えてから亜美は言った。「あたし、パス」

私は無言で抗議の意を示した。

「なに、もしかして行きたいの？」

「いや、別に」

「行きたいんだ？」なんだか嬉しそうに笑う。「別に一人で行ってきていいよ、あたしは外で蹴ってるからさー」

「いい、行かない」

「素直じゃないんだからなー」

遊歩道は親水広場につながり、道の駅のような大きな建物があった。農産物直売所やレストランもあるようだ。もう一時を過ぎた頃で、我々はそこで昼食をとることにした。

「言うの忘れてたけど、あたし、おかーさんに二万円もらってきたんだよ。自分のごはん代はそこから出せだってさ。そんで、お小遣いも持ってきた」

地産地消を謳う併設のレストランの入り口で、亜美は膝に手をつき、看板のメニューにかぶりついて、残念そうにこちらを振り返る。

「オムライスないのかぁ」

いつものことだが「ほかのものじゃダメなのか」と訊く。

「オムライスならなんでもいいんだけど、ないならあたし、お店入らないで簡単なもんでいいや。節約して、オムライスがあったらその時にどーんと使う。そういう計画に決めました」

その物言いが、私にもう一つの伝言を思い出させた。

「おかーさんから？　なに？」

「オムライスは二日に一回」

派手に驚いて、ほとんど叫び声を上げた。多くはない周囲の人がこちらを見やるのに、笑って軽く頭を下げる。勘弁してくれという注意も聞こえないか、へたりこみながら力なく何か呟いている。「おかーさん」だけ微かに聞こえた。

溶けるように下がる頭と広がっていくベンチコートの裾を見下ろしながら、私はその分け目に向かって「でも」と口走っていた。「全部の言いつけを守る必要があるか？」

きょとんと見上げる顔は、ややあってからみるみる華やいでいった。極まったおしまいに「いいの⁉」とまた大声を発した。

ばれやしないし、卵は摂った方がいいはずだ。持つべきものはこだわりのないテキトーな叔父さんだと亜美は笑って、そうだろうと私もうなずく。

「こりゃ、今日の夜ごはんはオムライスに決まりだねぇ」

「それで」咳ばらいを打ってから、私は続けた。「ここからもう少し行くと、鳥の博物館というのがあるらしい」

「え？」察しのいい亜美は跳ねるように立ち上がった。「おもしろそうじゃん！」

我々は機嫌よく調子よく笑いながらおにぎりやら唐揚げやら飲み物やらを買い、親水広場の芝生で、小さな子供らのはしゃぐ水遊びの池を手前に、奥に手賀沼を見下ろしながらお昼にした。三月の気温は高くないとはいえ、日差しは暖かに降りそそぎ、遠い水面を緑青に染め、水飛沫を白く輝かせていた。

準備万端で向かった鳥の博物館は休館日だった。電気の消えた暗い館内をガラス越しに見ながら呆然と立つ私の肩に、亜美が手を置いた。

「旅の帰りにまた来ればいーじゃん？　わたしも付き合うからさー」

私は道化と本気を混じらせた低い声で「約束だぞ」と言った。

「約束、約束！」と私の肩を叩いて笑った。

予定が狂ったので、早めに次の目的地へ行くことにする。滝前不動だ。

「滝があるの？」

名前からすればあるのだろう。見たい見たいと乗り気になったが、また沼を離れた台地の方を指さすと眉尻を下げた。

「またボールしまわなきゃじゃん」

「連れて来てやってるんだから文句言うなよ」

「さては鳥の博物館のことを引きずってるな」いたずらに笑ってボールをベンチコートの袖でみがく。「てゆーか、そこでまた書く？　リフティングできる？」

どうせ人もいないだろうしボールを蹴るぐらいできるだろう。でも、そこに行くには明確な目的があった。「お不動さんに旅を見守ってもらうようにお参りするんだ」

「お不動さんっておばあちゃん家の近くにもあるね」

「うち、真言宗だからな」

「そうなの？」

「そうだよ」

「真言宗はお不動さん？」

「真言宗は大日如来で、大日如来は不動明王、不動明王はお不動さん」

「ちょっと何言ってるかわかんない。どういう神様？」

「我々を守り、導いてくださる」

「我々の旅を？」

「我々の旅を」

滝前不動は、志賀直哉邸跡と同じように台地の裾の傾斜にあった。境内はみな竹林で、崖に埋め込まれた石組の上に据えられた竜頭が口を開けて水を出しているのが、名の由来となった滝らしい。昔は台地の湧き水がその口から派手に落ちていたのかも知れないが、今は割れた喉元をだらしなく伝って、下の溜まりでちょろちょろ音を立てている。

「これが滝？」と亜美はボールを抱えたまま半笑いで見上げている。「想像とだいぶちがうなー」

「文句が多いな、さっきから」

「竜の角も折れちゃってるし。これでほんとに守ってくれるの？」もう振り返って、そばの石碑を指さす。「これは何よ？」

「不動明王真言」と書いてあるのを読む。その横に、ひらがなで彫られているのが

「密教の呪文」だと教えてやった。

「えーじゃあ、真言宗の真言ってこれのことなんだ?」

「不動明王のはこれ。唱えて守ってもらう」

「みんなに呪文があるんだね」ゆっくり言うと、足首を回しながら読み上げ始めた。「のうまくさんまんだ　ばざらだん　せんだ　まかろしやだ　さはたや　うんたらたかんまん」意外に笑わず、しばらく石碑をじっと見ていたが、急に「意味は?」と顔を上げた。

「意味はそんなに重要じゃない。このまま唱えるのが一番大事」

「えー?」首を傾げて細目で睨んできた。「わかんないからテキトー言ってんじゃないの?」

信じたくなきゃそれまでだと言ったら「む」と唸った。

不動堂のある高台の縁はところどころ、ハナニラの白やラッパスイセンの黄に彩られていた。不動堂から見て左手に、今は枝を這わせるばかりの低い藤棚があり、右手はつぼみを膨らませかけた一本の桜を真ん中に広くとられていて、竹や木で作ったベンチが置かれている。

「あたしも自分でおさいせん入ーれよっと」亜美は財布から三円ほどがさつに投げ入れて「どうか我々の旅をお守りください。のうまくうんたらかんたらまんたん」と手を合わせて言った。

「怒られるぞ」

「やばいやばい」と慌てて目を閉じて拝む。「お守りくださーい」

境内は、もう一段、坂を上って不動堂の裏をぐるりと回れるようになっている。掃除の行き届いた気持ちの良い竹林の小道だ。

ちょうど不動堂の裏にあたるところで、我々は道の先に、野生のキジを見つけた。

「ほんとにいるんだ、キジって」と亜美は竹から顔を覗かせて言う。「なんかウソみたい、桃太郎じゃん」

「現実にいなかったらお伴にできないだろ」

適当に話を合わせながらリュックを下ろし、ゴムマットを地べたに敷いて、ノートを出した。

「え、なに」亜美は声と眉をひそめた。「書くの？　キジを？」

「書きたいだろ、キジは」と座り込む。「逃げちゃうから驚かすなよ」

「じゃーここでリフティングできないじゃんっ」派手な眉の動きで必死さが伝わる。

「どーしろって？」

「下に戻るといい。それか一緒に見ててもいいし」

「下でやって来ますよーだ」とベロでも出しそうな言い方で、亜美は来た道を戻っていった。

三月九日　15:36 〜 16:07

不動堂の裏手をぐるりと上り回って戻る、きれいに整備された竹林の小道。切って積まれた竹が隣の農家の敷地とを塀のように隔てるその上に、色鮮やかな雄のキジがとまっている。赤い顔は、ベルベット生地をハートに切って両側に並べ、黄色い目のボタンで留めたような具合だ。その二つの裂け目から、白っぽいくちばしが突き出している。下るにつれて青紫から光沢のある緑色に変わる首が、時折、誇らしげに差し上げられると、釣り合いを保つように、クリーム色に黒い斑が交じってきれいな縞模様になった長い尾羽が上下に動いた。ふいの風に竹の葉が鳴る。何を気にしたか、身を伏せたキジは、竹塀を向こうに降りて、落ち葉を踏み鳴らしてクマザサの茂みへ入ったらしい。ガサガサという音が斜面を下って遠ざかっていく。しばらくして、下りきったところにある小さな畑に出るのが見えた。一歩一歩、しっかりとした足取りにも動かない黒い背中。横を向いて、ぞっとするほど鮮やかな頭の赤。血のように暗く詰まったその色は、陰にいるといっそう濃く見える。キジはそのまま、不動堂の方へ歩いて行った。

53

下で鋭い鳴き声と羽音がすると同時に、どこか緩慢な叫び声も上がった。不動堂の前に出て母衣打ちしたキジに驚いたらしい。竹林を下りつつそちらに意識を向けると、驚きながらも続いているリフティングの音が聞こえた。直後、ガサガサ草切る派手な音と一緒になんだか間抜けな叫び声、次いでボールの跳ねる音が二度三度、小さくなって途絶えた。

不動堂の前に出ると、尻もちをついた亜美が待ってましたと言わんばかりに「キジ！」と叫んだ。「そっちから来て」クマザサの茂みの方を指さし、「その裏抜けて」と不動堂を指さし、そのままさらに奥の竹林を指さした。「あっちにぶわーって走ってった！」

「キジって速いよな」

「速い！」とやけに嬉しそうに言って情けない顔を浮かべる。

記録は五十三回と言うのでノートに書き留める。「少ないな」

「仕方ないじゃん、キジが出たんだから」

「その前、何してたんだよ」

「ちょっと色々やってたんですっ」

叩きつけるような語尾と一緒に立ち上がり、滝前不動を後にする。ちょうど収穫期を迎えたブロッコリー畑の横を通って手賀沼の方へ歩いて行った。土から太い茎をのばし、天辺で大きな葉に囲まれた蕾は緑に詰まっている。二、三日のうちに収穫されるだろうが、亜美は見向きもしなかった。

手賀沼の遊歩道に人はおらず、亜美は嬉しそうにボールを足裏でなめて転がしていく。道が沼辺を少し迂回したところにはビオトープが造られ、ヨシ原がそれを囲む。それを見下ろして歩く道に一羽のコブハクチョウが休んでいた。

静かに喜んだ亜美は膝に手を置き、回り込むようにして近づいていった。人馴れしたコブハクチョウは気にしながらも羽づくろいを止めない。本来は渡り鳥だが、日本に棲みついた外来種だ。

「ブラックバスとかミドリガメと一緒だ?」

受験生らしいところを見せつつ、距離をとってボールをちらつかせているが、犬じゃあるまいし、先方はまったく興味がない。塒《ねぐら》にしているのであろう池を見下ろすと、人がヨシを踏み倒した道が畔に立つ柳の下まで続いていた。

この下で書くと言うと、「はいはい、どーぞ」と慣れたものでコブハクチョウから目を離さずに言う。「あたしはこの子の近くでやろーっと」

「そっちの田圃《たんぼ》の脇に降りてやれよ」私はビオトープの反対を指さした。「道でやるなよ、あとハクチョウにボール当てるなよ」

「わかってるって。当てるはずないじゃんねー？」

コブハクチョウに首を傾けると、亜美はボールを手に乾いた田圃の方へ歩きかけたところで、重大なことを思い出したようにこちらを振り返った。

「ちょっと聞いてて！」亜美は右の掌にボールをのせ、頭上に捧げ持つようにして目を閉じた。何をと言いかけたところへ「しずかに！」と注意が飛ぶ。その声を気にしたかコブハクチョウが立ち上がろうとするその奥で、亜美は大きく、ゆっくりと息を吸い込んだ。

「のうまくさんまんだ　ばざらだん　せんだ　まかろしやだ　さはたや　うんたらたかんまん！」

私は亜美を見つめた。目を開けた亜美は、満足げに片方の口角を持ち上げて胸を張った。

「いつの間に？」という私の声は驚きに満ちていたはずだ。暗記も苦手なくせに。

「さっき、キジが出る前」得意そうな笑顔を見せる。「魔法の呪文みたいに、リフティングの前に唱えることにしたの。願いを込めてさ？　いいアイディアでしょ！」

それでこそ真言だと私は思った。

三月九日　16:40 ~ 17:03

遊歩道からヨシを分け降りた小さな池のほとり、シダレヤナギはもういくつか芽吹かせた緑を揺らし、ゆるやかな風を目に見せてくれている。対岸、ヨシの茂みを踏み分け鳴らし、一羽のコブハクチョウが現れた。羽が上手くたためておらず、横から見ると、背中に切れ目が入ったように見える。池に入り、遠ざかっていった。たくさんの小鳥のさえずりと、浅瀬でコイが身をよじらせる水音。背びれが水上にはためき、また沈む。遠くではアオサギが池の中央に立って微動だにしない。場所によってはかなり浅い池のようだ。オオバンも歩くように進んでいる。また茂みにコブハクチョウが動いている。池に出る気はないらしく、丈の高い立ち枯れのヨシをのけて場所をつくると、入念に羽繕いを始めた。首を後ろにした白く丸いかたまりが、茅色の狭間でもそもそ動く。そのうち、首を羽の間に差し込んだまま動かなくなった。アオサギが飛び立って日は傾いていく。ちょうどコブハクチョウが寝ている向こうを茜色に染めながら。ヨシ原のそこかしこに水鳥が潜んでいるようで、二、三種類の鳴き声がひっきりなしに響いている。

１６１

滑るように降りてきた亜美はシダレヤナギにぶつかるように止まった。驚いたオオバンが飛び立つ羽音が遠ざかる中で告げられた新記録を真言の効果だとおだてると、縦に割れた幹にすがりつくように照れ笑った。

「旅が終わるまでにほんとに五百いけちゃうかもなー」

夕陽に半面照らされた調子乗りの顔を見て、その母親との日没までにという約束を思い出した。今日はここまでにして、だんだん暗くなる道を、手賀沼から北へ離れてホテルまで歩く。

今日はどれくらい進んだのかと訊くので、電車でいうと一駅分と答える。唖然としていたが、もともと進む予定はなかった。

「これでほんとに鹿島に着くのかなー」

「着くよ」成田線を跨ぐ高架に差しかかって「歩いてりゃ」と私は言った。

東に見下ろした線路は、辿れば利根川の河口、銚子まで続いているけれど、夜の暗さで次の駅さえ見当たらない。我々は明日から、ひとまずそちらへ、線路ではなく水の流れに沿って歩いていくのだ。

「でもなんか、久々に楽しかったなー」と亜美は大きく伸びをしながら言った。「練習もできたし、色んなもん見たしさー」

「あとは、それを日記に書かなきゃな」

「書くのはね、まず新記録のことでしょ、真言のことでしょ、そんであとはねっ」と声を弾ませながら、指折り数えて挙げていく。ベンチコートが擦れて、冷たい空気を裂くような音を立てる。「キジと、ハクチョウ！」

それから我々はコンビニを二軒回ってオムライスやサラダを買い、ホテルにチェックインした。疲れが少しでもとれるように大浴場のあるホテルを選んだ甲斐あってというか、亜美はずいぶん長風呂して部屋に戻ってきた。誰もいないしたくさん泳いだと言って、濡れた髪のままオムライスを食べようとするのを制する。

「ちょっとでも熱出たら帰るしかないんだからな。ただの風邪気味でも」

「コロナ感染うたがいってやつ」

テレビでは、イタリアとイランでの感染拡大と入国拒否、マスク不足と、トイレットペーパーの買い占めによる品薄を伝えている。一ヵ月後に出された緊急事態宣言を思えば、この頃は危機感もそれほどなかった。こんな旅に躊躇なく出られるくらいには、それまでと地続きの日常があった。

亜美はしぶしぶ指示に従うと、横倒しのドライヤーのそばにオムライスを引き寄せて、そのくせ椅子に正座して恭しく手を合わせた。姉らしい教育だと思った。

寝る前に、亜美は日記を書いた。読ませようとはしなかったから、ここには載せないつもりだ。ただし、亜美の方から読ませてやろうと見せてくれた日記についてはその限りではない。これから書いていく先にそれが一つでも待っているということが、私を大いに励ましてくれる。

＊

朝七時、昨夜に歩いた道を手賀沼に向かいながら、今日の旅程をざっと確認する。手賀沼は東の端から手賀川を発し、八キロほどで利根川に合流する。二つの川と、その中間を走る成田線がすぼまるように集まる木下《きおろし》駅のあたりが、今日の目的地である。

雲行きは少し怪しく、太陽も隠れている。雨雲から逃げるように歩くことになるだろう。

「今日はちゃんと進みそうだね」

えらそうに言う亜美に、今日より明日、明日より明後日とだんだん歩く距離が長くなる予定だと告げる。「覚悟しておけよ」

「のぞむところよ！」

手賀沼に出ると、明るみに集い始めた鳥たちが少しずつ声を響かせ始めていた。我々はビオトープを過ぎて、まだ咲く気配のない桜並木を行き、東の岸までやって来た。高校が所有する野球場の前、数百メートルにわたって誰もいない遊歩道の沼側は、縁まで長い土手になっている。ここにも、立ち枯れのヨシの中に一筋、釣り人が残した道ができていた。

今日の一回目と元気よく反対側に下りて、野球場前の野原にリュックとベンチコートを落とし、こちらに背を向けてボールを捧げ持った亜美を、私は堤の上から見ていた。

「のうまく、さんまんだ　ばざら、だん　せんだ――」かろうじて聞こえる真言はたどたどしい。「まかろしやだ――」そのうちこちらを向き、目をつむったまま止まった。目元口元がゆがんできて「なんだっけ？」と大きな声を上げた。

「さはたや」

「うんたらたかんまん！」

「言い直せ」と言って、私は沼の方に下りていった。

三月十日　7:53～8:02
東の端から見る手賀沼は広い。枯れたガマがまばらに立つ辺りに、コガモとオオバンが合わせて十羽ほど漂っている。少しけむるような空気の中、オオバンの黒い体はよく目につく。ふいに二羽が重なると、そのくちばしと額の白が、黒の中にくっきりと見出された。離れた深みにカワウが不格好に降り立つ。辺りを見回して首を振るたび、瞳のエメラルドと口角の黄色が冷たい空気に浮かび上がってしばし流れる。羽を十分に濡らすと、首まで浸かってぐんぐん進む。その場で飛び込むように潜る。すぐ戻った上向きの長いくちばしの間で、ぴちぴちしなる魚が朝方曇りの鈍い光をまとった灰色の水滴を飛ばす。それを呑んで、またきょろきょろしながら泳いだかと思うと潜水、また浮上、繰り返すそのたびに、鉤型のくちばしは魚をくわえている。

100

「あの鳥、何?」

下りてきた亜美にカワウだと教えると、その名前を繰り返してから「ウ?」と驚く。

「あのウ? 魚とらせるやつ?」

鵜飼いはウミウを使うらしいが、ほとんど同じだから頷いた。それより早いなと訊いたら、野球場の前に野球部員たちが続々集まって来て恥ずかしいから百で切り上げて避難してきたらしい。休校でも野球部の練習はあるのだろう。私は回数だけ書き入れてノートを閉じた。そんなことを気にするなんて意外だった。

「気にするでしょ、乙女なんだから」

それもそうかと受けたら、「ぐ」と唸るのでないはっきりした発声が聞こえた。「そこでなるほどとか言われると調子くるうんだよねー」

「自分で乙女って言うなら乙女なんだろ」

「クラスの男子だったら絶対バカにするじゃん。魚いなくなっちゃわない？」

会話の最中もカワウが延々魚を獲るものだから心配になったらしい。私もその芸当にはいつも見とれるが、実際、食害の起こる地域も多い。

「やっぱりなー」と納得しながら、今度は「マジックある？」と私の筆箱を漁る音がする。「あった」

振り返った時にはもう外したキャップを口にくわえ、手のひらに彫りこむように何か書き始めていた。覗きこむと、よく言えば個性的なひらがなが見えた。

「真言か」

「さっき忘れちゃったからねー」とキャップをくわえたまま器用にしゃべる。「ちゃんと覚えるまでは」と言ったきり、だんだん背中を丸めながら書いていたが、突然「できた！」とためたバネのように上半身を跳ね上げ、手のひらをこちらに向けた。

「合ってる？」

「合ってるけど」

「けど、なに！」すぐさま怒鳴り、乾かそうと手を乱暴に振った。「過去問の採点たのんだとき、ダイイングメッセージとか言われたの、あたし忘れてないからね」

死ぬ間際に九十点とったような答案を思い出しながら、今回は自分が読めればいいんだから大丈夫だとフォローした。

「そーだよ、だからいーの！」

勢いよく立ち上がって出発を叫ぶのについて土手を上がる。空は相変わらずの曇天だが、薄雲から洩れる光が届き始めていた。

手賀沼を後にし、手賀川の右岸の堤防道を、朝早くから陣をとった釣り人を見下ろしながら行く。亜美は時折リフティングしながら進もうとしたが、風もあり、荷物も背負っている状態では二十回がやっとらしい。そんな思いで見ているのを察したのか、口をとがらせてボールを渡してきた。

いやな予感がしたが、視線に晒されながら数十メートル続けたところでかっさらわれた。こちらの嘆きも聞かず全速力でドリブルして遠ざかっていく。豆粒ほどになった先で川辺に何か見つけたらしく、土手に座り込んで見下ろしている。

急ぎもせずに追いつくと、草叢にコブハクチョウのつがいがいた。亜美は土手を下り、彼らの無反応を確かめてから私を見上げた。

「この子たちを書いたら？」

ボールを取られた恨みはあったが、我々をよそに気ままに過ごすコブハクチョウたちを見ていたらそうしたくなった。私は亜美が座って跡がついていた土手の中ほどに腰を据えた。左の手のひらでカンニングしている亜美の真言が聞こえる。
「のうまくさんまんだ　ばざらだん　せんだ　まかろしやだ　さはたや　うんたらたかんまん！」

三月十日　8:46 ~ 9:04

手賀沼の東から一キロほど手賀川を下った土手。下にはつがいのコブハクチョウがいる。一羽は乱暴に草をむしり食《は》み、一羽はぺたりとうずくまったままひねった首を尾羽の元に盛んに差し込み、全身の羽繕いをしている。時たま強い風が吹いて、くちばしを差し込んだところがめくれ上がって震える。そこにのぞいた呆れるほどの純白が、整然とひしめいてなだらかな背中の山をつくっているのだ。ぴょこんと出た尾羽だけは風に動じることがない。首から上はくちばしが届かないせいで泥をまとって汚れているが、それがまた体の白を際立たせる。川の中ほどに組まれたパイプに、一羽のカワウがとまっている。ゆるい風から顔を背けるように手賀沼の方を向いていたが、やがて、風の正面こちらに体を向け、羽を大きく広げた。でも、顔は手賀沼の方、そっぽを向いたままだ。

昨日の成果か、新記録にひとしきりはしゃいだ後、亜美は急に川の方に目を向け、その中ほどに視線を留めた。

「カワウ？」

指さして訊くのに正解だとうなずく。

「あれ」軽く広げた両手の指先をぴんと伸ばしてこちらを見上げ、仕草をまねているらしい。「何してるの？」

「羽を乾かしてる」

「なんで？」

「ほとんどの鳥は」言いながら、下でまだ羽繕いしているコブハクチョウを指さした。「自分の出した脂の粉で水を弾けるようにする。尾羽の付け根にそれを出す腺があるから、くちばしにつけて全身に塗る」

そこに突っ込んだくちばしを丁寧に色んな羽へこすりつけるコブハクチョウを見て、亜美は「おー」と感心する。「ほんとだ。たいへん」

「羽が水を弾くから雨除けになるし、毛の間に空気を含んだままにしておけるから体も冷えない。あと、水に浮かびやすくなる。草とか藻とかを食べるから、なるべく浮いてた方が都合がいい」

「ウソ！」と驚く声にもコブハクチョウは動じない。「魚、食べないの？」

「食べない。でもカワウは食べる。だから潜って獲らなきゃいけない」

「魚、食べないの……？」

もう一羽が草をぶちぶち引き抜いて食べ始めたのを見て、ようやくカワウの真似が解かれた。そのまま黙って身支度を調え、土手を上がってきた。

「カワウは魚を獲るために潜る」亜美は習ったことを復唱するような調子で言った。「そんで？」

「自分で考えろよ」

「えーっと」亜美は頭をかきながら照れくさそうに笑った。「何を考えてんだっけ？」

「カワウが羽を乾かす理由」歩きながら振り返ると、カワウはもう羽をたたんでいた。「脂の話までしたんだから」簡単だろう。

「あ」と頭に電球が灯ったのが見える。「脂を塗らないんだ、速く泳ぐために！」

「塗らないっていうか、そもそも脂がほとんど出ない。羽に水を十分含ませて空気を極力なくして、流線形の塊になって泳ぎ、魚を捕らえる」と解説したらもう一息だろう。「ということは？」

「泳いだらびしょぬれで、だから、羽を乾かしてる！」

「そのままじゃ寒いし、羽にもよくないからな」

「なるほどなぁ」すっきりした顔でボールを上げ、リフティングを始める。「ハクチョウもカワウも、ちゃんと生きるために工夫してんだねぇ。でも、あたしはカワウの方が好きだな」

　力を抜いた足先がボールの勢いを殺しながら膝のあたりまで持ち上げる。昨日今日で身につけたらしいそのやり方で、だいぶ数を稼げるようになったのだろう。

「だってさ」と訊いてもないのに続きが始まる。少し腰を曲げ、視線はボールに落としたまま。「魚を獲るために生まれたみたいでかっこいいじゃん」

「そういう生き方をしないと死ぬから、カワウはみんなそうやって生きられる」そう言うことで溢れた感慨が「うらやましいな」と口をついた。

「人間は無理？　サッカーをするために生まれてきたみたいとかよく言うじゃん」

「やらなくても死なないから」

「小説書くのもそう？　死なない？」

「死なない」

　そうでなかったら、つまり書かなければ死んでしまうとバカらしい気負いでなく自然に受け入れられたら、カワウのようになれるかも知れなかった。

「メッシって一冊も本読んだことないんだよ」驚いている私に亜美は続けた。「伝記に書いてあったもん。あこがれのマラドーナの自伝なら大丈夫かもって読み始めたけど、半分でやめちゃったんだって！」さも楽しそうに言って、笑いながら付け加える。「でも、あたしはそのメッシの本、全部読めちゃったんだよね」

私は何も言えなかった。本を読めたらメッシのようにはなれないなんてことはない。本を読まない人間は山ほどいたが、誰もあんな風にはならなかった。しかし、まるで動物と人間の断絶のように思えてしまうこの違いについて、何を考えればいいのか。どう生きれば、メッシのようになれるのか。逆に、サッカーをしなかったメッシがどう生きるか想像することは、なぜこんなにも難しいのか。

「回数、数えてる？」ぼんやりしていたに違いない私に亜美は言った。「結構いきそうなんだけど」

「七十二、七十三」とそれらしく数えてやる。

当たらずとも遠からずだろうが、亜美はへらへら笑って心を乱されたのか、そこで落とした。悔しがるでもなく川面を眺め、また遠くにとまって羽を広げている別のカワウを指さして、その名を口に出す。歩き出す亜美に歩調を合わせて、少し後ろを進む。

「どうやったらサッカーをするために生まれた人間になれる？」

「昨日シューズ磨いてないだろ」

「ぎく」わざとらしく手を前に出して体が止まった。

「体を乾かさないカワウがいるか？」

「すごい！」勢いよく振り向いた目は見開かれていた。「今の、ぜったい日記に書くからね」

実際、この話は日記に書かれた。むしろ、亜美の日記によってこの会話を思い出したから私はこうして書いていると言った方がいいかも知れない。

そのあと、亜美はカワウを見習わなくっちゃと言ってベンチコートを着て、ボタンも一番上までとめた。下流へ行くにつれて釣り人の数は減っていき、静かな川沿いを我々は調子よく遠慮なくボールを蹴り合って進んでいく。と、コンクリートで護岸された取水塔のあたりに、何十羽ものオオバンとユリカモメが漂っているのが目についた。近づいていくと、ほとんどのユリカモメが軽いはばたきで水を離れて浮き上がる。広げた羽は連なって白い帯を宙につくり、波打って縮みながら対岸へ移動していく。

「オオバンって手賀沼にもいたね。おでことくちばしが白いの」岸から逃げていくオオバンを見ながら亜美は「そろそろあたしも鳥博士だよ」と言って、こちらを振り向いた。「書く?」

私は「いや」と首を振った。この二種が不自然に集まっているのは、おそらく、ここで誰かが餌付けしているせいだ。対岸のユリカモメ達が戻りたそうにこちらの様子をうかがっているのを見ると、もうじきその時間なのだろう。

「確かに、なんか変だもんね」

餌を撒く人物の上空にユリカモメが真っ白に渦を巻き、下ではオオバンがひしめくのを想像した。それは珍しい光景かも知れないが、思い浮かべた以上、あんまり出くわしたいものではない。起こってもいないことを考えて、その通りだとか違っていたとか、そういう気分から離れたくて歩いているのに。

利根川に合流する前、手賀川は二手に分かれる。我々は細い南の弁天川沿いを選んで進んだ。そこはカワウの漁場であり宿り場になっているようで、川の上に張り出した枝や消波ブロックに何羽もとまっている。対岸を歩く分には逃げることもない。

「カワウだらけ」亜美はうっとりした顔で眺めた。「リフティングしたら逃げちゃうかな」

おっかなびっくり何度かボールを宙に放っても、カワウ達の様子に変化はない。

「上手くやれば大丈夫そうですぜ」亜美は悪そうにささやき、リュックとベンチコートを放つ。それからボールをすくい上げ、片手で捧げ持った。「のうまくさんまんだばざらだん　せんだ　まかろしやだ　さはたや　うんたらたかんまん!」

三月十日　10:20 ~ 10:46
消波ブロックに何羽もとまったカワウには、四本の趾《あしゆび》の間に立派な水かきがついており、斜めになったブロックの突端に黒くかぶさっている。長い骨が黒いゴム手袋をはめているかのように突っ張って白っぽく浮き上がり、しっかりとブロックをつかんでいるのがわかった。頭を下げて、足を前に出して首をかいている一羽の横で、もう一羽もそれを真似るように首をかき始めた。数十秒も足だけを小刻みに上下に動かして、ようやく満足したらしく、今度はすっくと背を伸ばして首を立てた。あくびするように口を開け、のどを震わせている。黄に染まった口角の下、白と黒の毛が分かれるあたりが波打つ、と、首をすぼめて尾羽を差し上げてふんを飛ばした。白い線がびっとのびて、水を濁らせる。再び落ち着いたその姿勢はどの個体も判で押したように変わらない。たたんだ首がぐっと後ろに引かれたところから、平べったい頭、一段下がった長い嘴《くちばし》、丸みを帯びた鉤型の先端まで続いている。しかも、張ったように見える腹から胸の流れを延ばしていくと、その嘴の先端へ一直線につながるのだ。だから、横から見たカワウの姿は、鋭い平行四辺形にきれいに収まって見える。底辺の後ろの頂点は、短く出た尾羽の先である。

165

書き終えて、まだ続いていた亜美のリフティングを見始めてすぐ、ボールが私の前の短い土手を斜めに飛んでいった。対岸でカワウが一斉に飛び立つ。ボールは斜面に何度かバウンドし、丈の短い草をかき分けるように転がり、こらえきれずにといった感じで川に落ちた。重心を後ろに駆け下りた亜美がしゃがみこみ、爪を立てて拾い上げる。

「あーあー」とそのままの体勢で、ボールから滴る水を見る。「カワウもみんな飛んじゃうし」と言ってから振り向く。「冷たいし」

「おかげで飛び立つとこ見れたぞ」

「ねばって足出したらこれだよ」

「気をつけろよ」と私は身支度をしながら言った。「ボールなくしたら旅もおしまいだからな」

「りょーかい、りょーかい」

細い水の線を描いて転がりだしたボールに先導させて、また歩き出す。大きく北へ曲がるところで弁天川を離れ、木下駅の南側の市街へ向かった。車の行き交う国道に入ってボールをしまった途端、亜美は昼食のことしか言わなくなった。時刻はまだ十一時を過ぎたところだ。

「考えたらさー、こんなに動きっぱなしなのに栄養補給が少ないんじゃないのー」

「飲み物もあるし、チョコも飴も食べてるだろ」

「足ーりないって育ち盛りなんだから。そっちは座ってるだけだけど、こっちはリフティングしてんだよ？　もっと、ごはんとか卵とかケチャップとか食べたいの！　こまめに、テンポよく！」

こまめにテンポよくオムライスが食べられてたまるかと思うが、ファミリーレストランも多いこの道を離れたら、もう店はないだろう。その場で適当に入るかと思ったら、スマホで各店舗のメニューを調べさせられ、さんざん迷った末に決めた店に入らされた。

「いやー、最高の旅だよー」亜美は消毒液を手にすりこみながら、上機嫌で階段を飛び降り「学校の百倍楽しいね」と言う。それから深い前屈をして「学校もきらいじゃないけど」細くしまった声を出した。「友達に会えるし。でも、授業あるし、外遊びの時間も少ないし、給食もおいしくないしさー。こうしてボール蹴ってる方が楽しいに決まってるじゃん。そんで、次はどこ行くの？」

「木下貝層」

「きおろしかいそう？」

「大昔の貝がいっぱい含まれた地層」

「あれでしょ、ほら——貝塚、昔の人のゴミ捨て場。今より気温が高くて海面の水位が高かったから内陸部で見つかりますみたいなやつ」

まがりなりにも受験生だったわけで、頻出問題は結構覚えているのだった。ただし、貝塚なら貝塚と言うだろうから、ここのは自然貝層なのだろうという説明はあまり真面目に聞かなかった。

県道四号線を歩き、木下万葉公園に南から入る。高台へ続く南向きの斜面、中央にまっすぐのびる階段が、ゆるい傾斜を保って右に左に大きく振れながら上っていく坂道を貫いている。坂の間には様々な植物が植えられ、それにまつわる万葉集の歌看板が立つ。万葉公園という試みは昭和天皇の下賜によって春日大社で始まったもので、その後、各地で後に続いた。今のような春待つ頃にはきまってさびしい景色になるそんなものにサッカー少女が興味を示すわけもなく、人がいないのをいいことに細い坂道をドリブルで駆け上がっている。歌看板を見ながらだらだら上る私は、スダジイに添えられた有間皇子の辞世の首と説明されているものに、いつものことだが心を動かされるのだった。

高台は広場になっていた。例の如く誰一人いないので、少し長い距離でボールを蹴ってすぐに切り上げる。まだやりたいとうるさいのを引き連れて西側の坂をまた下ると、大きなクスノキが立ち、その横の階段をさらに上り直すと、切り立った崖の前に出る、そこが木下貝層だ。固められた砂地を柵で囲んだ細長いスペースが設けられており、崖の反対、西には何ということもない街並みが見下ろせる。北には、道路を挟んで同じくらいの高さになる台地がこちらも公園として整備されていた。

説明書きによれば、この辺りは、約十二万~十三万年前、古東京湾と呼ばれる大きな内湾の、波や潮流によって貝殻が寄り集まるところであったらしい。その頃、この丘も、ここから振り返ることのできる眼下も、みんな海の底だった。我々はそこを歩いてきた。

亜美は貝層に特段の興味も示さず、いそいそボールを出して鋼のパイプの隙間を通るか試している。引っかかったボールを示して嬉しそうに笑った。

「気をつけろよ」川に入れたミスを思い出しつつ私も書く準備をする。

「まかせときなって」亜美はベンチコートを脱いで柵にかけるとボールを捧げ持った。「のうまくさんまんだ　ばざらだん　せんだ　まかろしやだ　さはたや　うんたらたかんまん!」

三月十日　14:15 ~ 14:22

地層の最もせり出しているところは、陽光をまっすぐ受けてからからに乾いている。大小さまざまの貝殻が光を反射させることなく真っ白にひしめき、重なり合ったわずかな隙間に砂を食い込ませて大きな面をなしている。表面は爪でも立てればぼろぼろとはがれていきそうに見える。実際、こぼれ落ちた貝殻が下にも積みあがっている。せり出した貝層の上は斜面となって草が生え松が立ち、さらにその上はまた地層が露出して、黒っぽい泥の層、赤っぽい関東ローム層と積み上

143

途切れた文を目にするたびに亜美の「あ」という声が聞こえる気がする。口を開けたその視線は階段の方にあって、振り返るとメガネをかけた若い女性が立っていた。臙脂《えんじ》色のナイロンジャケットを着たその人は、我々を認めて踵を返しかけた。

「す、すみません!」その背中に亜美は叫んだ。

大きな声に相手が振り返る。亜美はベンチコートをひったくってボールをくるむと、リュックも抱えて前かがみにそちらへ向かい、「どーぞ!」と目の前で手首を返して貝層の方を示した。

驚きながらもくすくす笑って「ありがとう」と言うその人の前を、私もノートを手にちょっと頭を下げて通り過ぎ、大荷物で階段を下りる亜美の下に回った。

「リュックにアントラーズのキーホルダーついてたね」亜美は抱きかかえた荷物の脇から下を覗きこんで下りながら小声で言い、嬉しそうな表情を浮かべている。「サッカー好きなのかも」

あんなにばたばた動いてたくせに「よく気付いたな」と私は感心した。

「ずっとボール見てたし」足を止めて振り返り、階段に隠れて様子を窺おうとする。

「服もアントラーズの色だ」

「あんまり人をじろじろ見るなよ」

「鳥を見るのはいいのに、なんで人はだめなのさ」

もっともな意見に言葉が詰まる。亜美は得意げな顔をこちらに向けると、冬も葉を落とさないクスの梢がちょうどその人を隠している階上をまた振り仰いだ。

ボールの蹴れる広場でもあるかもしれないと、北にある高台になった公園に向かう。階段を上りながら振り返ると、さっきの木下貝層が同じ高さに見える。その人は柵に手をかけて貝層をじっと見ていた。かなり大きな広場にも人はまばらで、ボール遊びが許可されているかはわからないが、我々は十分ほどリフティングでボールを受け渡し合った。亜美は明らかに上手くなっていて、落とす回数は私とそれほど変わらなかった。嬉しそうにボールをしまった亜美はその自慢に夢中で、木下貝層には目をやらなかった。もうそこには誰もいなかった。

泊まる予定のホテルは木下駅の北側の利根川沿いにある。チェックインは十七時の予定にしてあったが、多少早くても構わないだろうし、荷物を部屋に置いてから夕飯について考えようと、とりあえずホテルに向かって歩き出した。

「ファミレスとかコンビニぐらいあるでしょ、駅前に」

「こういうところの駅前は本当に何にもない。さっきの道が一番栄えてる」

またまたと笑いながら着いた駅の南口の様子に啞然としている亜美を横目に、コンビニくらいは少し歩けばあるかもしれないとスマホを出した。

「オムライスって検索してよ」と覗きこんでくる。「ちょっと試しにさ」

目にもの見せてやると思って検索したら。駅の北口近くの喫茶店が出た。亜美は「おっ」とスマホを勝手にタップする。

「喫茶店だし夜はやってないんじゃないか」

「でも十六時までって書いてあるじゃん。今ならやってるってことでしょ？」

「お前」まだ三時半だ。「もう食べる気か？」

「食べる気」と画面を見ながら平気な顔で言う。「お昼も早かったし、ずっと歩いてんだし、こっちはそっちが座って書いてる間も体動かしてんだから」

「それはそれとして、はしゃぎすぎなんだよ」

「楽しくなると、はしゃいじゃうよね」亜美は腕組みして無邪気に笑った。「はしゃいだあとはまた食べれるね」

「今食べたとして、夕飯は――」

「食べる気」と表情を変えずにまた言った。「や、食べなくてもいいけどさ、昨日オムライス食べていいって言ったじゃんかー、鳥の博物館も行ってあげるんだしさー」

答えを保留して橋上駅舎の通路を渡る。階段を下りながら見えるガラス越しの晴れた空がやけに明るく感じられて、私は先を歩く亜美に声をかけた。

「やっぱり食べるには早すぎる」

反応がない。ふざけて跳ねるようにしながら下りる亜美のペースがだんだん上がっていくことに気づき、五メートルほど離れた頃にいやな予感がした。亜美は、下りきる頃には完全に走り出し、壁を回りこんで外に消える。急いで下りると、かなり先を全力疾走して、ロータリー沿いを曲がりながら喫茶店に向かっていた。小癪《こしゃく》なことに、さっきスマホで地図を覚えたのだろう。足早に追いかけるが、店は駅からすぐのところで追いつきそうになかった。ロータリーを斜めに突っ切るように視線を走らせると、店の前にも人がいる。その手前で亜美がスピードを落とすと同時に、それが木下貝層で見た女性だと気づいた。二人は何やら言葉を交わし、私が寄っていった時にはすでに挨拶も済んで本題に入っていた。

「おねーさんも、入りますか？」

「ええ、ちょっとお茶しようかと思って」おっとりした高い声は、小さくてもよく聞こえた。

「わっ」実にわざとらしく驚いて「あたしたちも、ちょっとお茶しようと思ってたところなんです」と愛想よく言って振り向く。「ね、にーちゃん？」

「ご兄妹だったの」メガネの奥の目が細まり、それから会釈をしてくれた。

「いや」否定の言葉とは別に会釈を返す。

「ほんとは叔父さん」と亜美が口を挟む。「でもにーちゃんって呼んでんです」

我々は一緒にその小さな喫茶店に入った。テーブルに二対一で座ると、窓際の亜美はメニューを立ててオムライスとオレンジジュースを指さし、その陰で親指を立てた。

「どーぞ」と先を譲ってくれた相手にメニューを渡す。

「ありがとう」

その笑顔にかしこまった亜美は、「あの」と少し口ごもってから「おねーさんのお名前は？」と訊いた。「あたしは亜美っていうんですけど」

「アビ？」とその人は興味深そうに言った。「どうやって書くの？」

「亜細亜の亜に——」何度か隣で聞いてきたこの自己紹介には、私にも役割があって面倒くさい。「美少女の美で、アビ」

「よく自分でそんな説明できるな」

相手はメニューで口元を隠して「珍しいけど、素敵な名前ね」と笑い、それから名字をつけて、自分の名前はみどりだと言った。

「みどりさん」亜美は嬉しそうに繰り返した。

私は亜美がすでにこの人を慕っているのがわかった。私も名乗ると、亜美が「小説家なんだよ」と嘴を容れたので、そのまま話すのに任せる。要点だけは押さえたいかにも小学生の発表という感じの説明に、私はかなりの信頼と好感を寄せている。みどりさんは賞賛してくれたが、私の心情を察したのか、注文を済ませた後で話題を戻すことはなかった。

「亜美ちゃん、この時間にオムライス食べるの？」

「こいつは昼の十一時にオムライスを食べて、三時半にまたオムライスを食べるんです」

「十一時半だし」亜美は不服そうな顔を向けてきたが、「目がないのね」と笑ったみどりさんにぱっと向き直り、笑顔でおしぼりを手に取った。

「亜美ちゃんって呼びやすくっていいね」

「そう、サッカーの時とか、アミじゃなくてよかったってコーチにも言われる」

「それ」みどりさんはちょっと興奮したように声を弾ませた。「亜美ちゃんはサッカーするのよね。さっきもやってた」

「うん！」と亜美は元気よく答えた。「なぜかというと、今は練習の旅の途中で、ね？」

「そうだけど、手を拭け」

「コロナ対策、コロナ対策」と言いながら丁寧に拭く手のひらの真言はだいぶ薄れていた。

そこにオレンジジュースだけが先に来た。亜美はすぐさまストローの袋をちぎると、のぞいた端をくわえて引っ張り出し、そのままふらふらする先をジュースに差し込むのに夢中になり、旅の説明を私に丸投げした。ひとしきり話したところで「で、あたしがリフティングする間に書いてる」と潤した口で付け加えた。

「書いてる?」

「景色を書くんだよ」と鉛筆に見立てているのかストローで氷をかき回す。「ちっちゃいノートに」

「画家の人がやるスケッチみたいですね」

「似たようなもんです」と私は答えた。

「だから、二人とも練習してるってわけ、練習の旅」

「そうだったの」みどりさんは広げたおしぼりで手をくるむように拭きながらのんびり言った。「それで、二人はそうやって練習しながら、どこまで行くの?」

「鹿島まで」と答えた亜美は、何かに気付いてはっと目を見開き、急に腰を上げた。

「そーだ、みどりさんのカバン!」

気の毒なほど驚いている相手をさした指を何度も振る。「アントラーズのキーホルダーついてなかった⁉」

「ついてる」笑顔で隣の席の大きなリュックを持ち上げて見せてくれる。「よく見てるね」

「アントラーズ好きなの？」

「そう」と少し恥ずかしそうに言った。「でも、サッカーにはあんまり詳しくないの。去年から応援するようになったから」

不思議そうな亜美に、みどりさんは話し出すのを迷ったように口を結んだが、微笑んでそれを解いた。「私のお父さん、スポーツならなんでも見るのが好きなのね」

そう始まったみどりさんの話は私の心を動かした。彼女の家では、夕飯の食卓でも当然のようにスポーツ中継が流され、平日は野球、土日はサッカーという具合だったという。「お父さんに反抗するなんて考えもしない」育てられ方をしたから、十数年をその通りに過ごした。

「好きな番組、見れないの？」

「夜はね。日曜の朝のアニメだけ。プリキュアとかね」

大学生になっても実家暮らしで、基本的には変わらない生活が続いた。現在、大学四年生で就職が決まり、四月から一人暮らしをする予定だという。

私は二十代半ばぐらいに思っていたのでちょっと意外だったが、もちろん亜美はそんなことに頓着せず「よかったねぇ」と祝福している。「好きなだけテレビ見れるじゃん」

「もう一生懸命テレビ見るような感じじゃなくなっちゃったんだけどね」

去年の秋、みどりさんが家庭教師のアルバイトを終えて少し遅くに家へ帰ると、両親はいつものようにサッカー中継を流しながら夕食を食べていた。それが鹿島アントラーズの試合だった。

「何の試合？　あたしも見たかも」

「何の試合かはわからないの。どっちが勝ったかもわからないし」

「どーゆーこと？」

覚えているのは、試合をＶＩＰ席で観戦していた一人の「外国人のおじさん」だったという。テレビの実況はクラブにとって重要な存在と説明したが、そんなことはみどりさんにはどうでもよかった。それよりも、その人が「もう一人のおじさん」と観戦しているテーブルの上の、雑然と置かれたペットボトルといくつかの紙コップが気になっていたという。

「もともと几帳面な性格なの。人のことまで気にしたら良くないんだけど」

「そんなことないよ」と亜美は励ますような眼差しを向けた。「あたし大雑把だからよく学校で怒られるから、うらやましい」

そう言いながら何気なくついた頬杖の肘がストローの袋を踏んづけて立ち上げているのに気付きもしないから説得力がある。静電気で肘にくっついたままになったのを見かねて取ってやったら、何かたしなめられたと思ったらしく「なにさ」と睨んできた。

もう知らんとばかりに力なく首を振る、そんないちいちに微笑んでくれるみどりさんのゆったりとした話し方と声には、なんだかじっと聞いていなければいけないと思わせるものがあった。

「試合が終わって、もう一回、その人が映されたの。一緒に見ていたもう一人のおじさんと引き上げていくところがね」

話が佳境に入ったことを察し、我々は深くうなずいた。

「その人、紙コップを両手いっぱいに持ちながらドアを開けて、後から出るもう一人に、君はペットボトルを持てみたいなジェスチャーして、引っこんで行ったの」

どうも話の要点がつかめず、我々はもう一度うなずいて次の言葉を待った。

「それで、鹿島アントラーズを好きになったの」

みどりさんが見たのは、アルトゥール・アントゥネス・コインブラというブラジル人だ。愛称は、やせっぽちを意味するジーコ。高い技術とフリーキックを武器に、クラブチームでもブラジル代表でも活躍し、生涯で八百以上のゴールを決めたサッカー史に残る偉大な選手である。

「なんでそれでファンになるの？」亜美は腹の底から不思議そうだ。

「なんでだろうね」とみどりさんは笑った。「この人のことなら信頼できるって思ったのかな」

「ゴミ片付けるの見て？」

「そう」

ジーコは一度ブラジルで引退したあと、プロリーグ化に動いていた日本の、住友金属のオファーを受けて一九九一年に来日した。鹿島を拠点に活動する住友金属は、日本リーグ二部の所属だった。時には土のグラウンドで試合することもあったプレイヤーとしてはもちろん、戦術指導、クラブの環境や日本人選手の姿勢の改善に努める役目も担った。

「スパイクを大切にするとか、ファンサービスをするとか、そういうところから指導していったの」

亜美は私の方をちらと見た。前に向き直ってから、スパイクのことで見たのだとわかった。

「それから、ジーコの本をたくさん読んで、本当にえらいと思って感動したの」みどりさんはしみじみ宙を眺めていたが、我に返ったように亜美の方を向いた。「亜美ちゃん、食べてね」

言われなくても届いたオムライスがもう欠けている亜美が生まれる十四年前の一九九三年、住友金属は鹿島アントラーズと名前を変えてJリーグの開幕を迎えた。開幕戦でハットトリックを決め、その後はケガでの欠場も多かったが、アントラーズは初年度のステージ優勝を果たした。翌年、ジーコは二度目の引退をして以降、日本代表を含めいくつかのクラブチームや代表チームを指揮したが、鹿島アントラーズとの関係は続き、二〇一八年にも再び戻ってきて、現在はテクニカルディレクターを務めている。

もちろん、そんな歴史を一つも知らなかったみどりさんは、ジーコがゴミの後片付けをする姿だけを見て鹿島アントラーズを好きになった。そんなことでサポーターになる人に初めて会ったけれど、ジーコが取り組んできたのはそういうことなのだから、案外まっとうな理由なのかもしれなかった。

「そーいえば」と亜美はまた思いつきで話を変える。「今日、みどりさんは何してたの？　あの、貝のやつを見に来たの？」

一口大に三つ切り分けてそれを順番に食べ、また三つ切り分けてという亜美の妙なオムライスの食べ方を見つめるみどりさんの目に少し物憂げなものが差したが、ゆっくりもたげた目は優しい温かみを取り戻していた。

「実は私も」とみどりさんは言った。「鹿島を目指して歩いていくところなの」

亜美が驚きの声を上げると、亜美を気に入ったらしい喫茶店のママが奥で笑顔を向けるのが私の目の端にかかった。

「就職する前に、カシマスタジアムまで歩いて行ってみようって決めて、初めての一人旅なの。まだ初日なんだけどね」

珍しい人がいるものだと聞いてみると、実家のあるユーカリが丘から北上して利根川に突き当たったところで、我々の旅程にちょうどぶつかったというわけだった。今日泊まるホテルまで我々と同じだった。

「じゃあ、一緒に鹿島へ行こーよ！」亜美はこの偶然に大喜びで「決まりね！」と言うので、私は「決まりねって練習はどうする」と口を挟んだ。「こっちの進みは遅いんだから、迷惑だろ」と続けると、亜美だってさすがに練習をしないのは困るから、一転して情けない顔でみどりさんを見た。

みどりさんはそれに微笑みを返しながら「私、ぜんぜん急がないんです」と言葉だけこちらに向けた。「だから、もしお二人がよかったら、一緒に」

その夜、亜美がみどりさんの部屋で書いた日記は文が長い上に比較的まともで、明らかに手伝ってもらっているとわかった。誇らしくってその日のうちに見せに来たから、私は無断でここに載せることをためらわない。ちょっと変なところもあるが、それは亜美のものだし、私は二人のやりとりさえ想像しながら、そっくりそのまま書き写さなければならない。それはできる限りのことをした最高のもので、取り入れるだけの価値がある。

三月十日

今日は旅の二日目です。天王台のホテルから、木下というところまで歩きました。川の土手をドリブルしながら、東に進む途中で、リフティングの練習もしました。もちろん真言も唱えます。今日は173回という新記録が出てうれしかったです。

歩く途中で、鳥をたくさん見ました。おじさんは、鳥にくわしいので、色々と教えてくれます。わたしは魚をとるのが上手なカワウという鳥が気に入りました。目がエメラルド色ですごくきれいです。カワウは、水に潜って泳ぎやすくなるために、羽が水をはじきません。だから、びしょぬれになった羽を広げて、すぐに乾かそうとします。体温を下げないためや、次に飛ぶ準備をするためです。カワウはえらい。わたしはカワウを見習って、毎日きちんと自分のシューズをみがくことにしました。さっきピカピカにみがき終えたところです。

今日は、もう一つ、すごい出会いがありました。木下でたまたま出会ったみどりさんという人で、なんと、わたしたちと同じで、鹿島に行く旅をしていたのです。みどりさんは鹿島アントラーズが好きで、歩いてカシマスタジアムに行くところでした。みどりさんがアントラーズを好きになったのは、テレビで、ジーコが試合を見に来ているのを見たからです。ジーコが、ちゃんとコップとかの後片付けをしていたから好きになったそうです。「持つのが大変なコップの方を自分がいくつも持って、ペットボトルを相手に持たせたのがえらいの」と言っています。

わたしが自分のシューズをみがいたのには、もう一つ理由があります。ジーコは日本に来た時、チームの選手がスパイクを泥だらけで転がしているのを見て「自分のスパイクは自分でみがけ」とすごく怒りました。なぜなら、ジーコは、初めて自分のスパイクを手に入れた十三才の時、これをはけば自分に不可能なプレーはないと思って、その時の気持ちを忘れていなかったから、がまんできませんでした。わたしも、今のシューズを買ってもらった時にうれしかったのを覚えています。そんな気持ちにさせてくれたシューズを大事にするのは当たり前のことです。

わたしは今、みどりさんの部屋に来て日記を書いています。なんと、みどりさんとは、予約してたホテルまで同じだったのです。わたしたちは、一緒に鹿島を目指すことになりました。おじさんは人見知りだからいやがるかもって不安だったけど、あんまり気にしていない感じです。本当はいやがってるんだとしても、たまには他の人と話したりした方がいいと思います。

明日は、途中に泊まるところがないから、三十キロも歩くらしいです。体力と精神力が試されます。あまり練習はできないかもしれません。

＊

朝の五時に目が覚めた。眠りこけている亜美を起こさないようユニットバスの中でこっそり着替えると、「ちょっと散歩」とメモだけ残し、もう薄明るい外に出ると、すぐ裏の利根川の土手に上がった。

幅四五町もあらうと思はれる利根の大河は、自分の後から洋々として流れて来たが、自分の休んでゐる丁度前あたりで大曲に曲つて、また少し左に曲らうとして、不意に森の蔭から流れ出た春秋川を合せて、更に素直な方向を取つて、船越と船山との丘と森との間に、たうたうとして流れて行く。

明治三十四年出版の『野の花』に、田山花袋がそう書いた。地名が変えてあって、船越は千葉の布佐《ふさ》、船山は茨城の布川《ふかわ》を指す。春秋川は利根川の北より合流する小貝川だ。

布佐は木下の西の隣町で、花袋が描写したところよりずいぶん下流にいる。上流遠くに橋がかかり、両岸には布川の丘陵と布佐の高台の木々が川幅を狭めて対峙し、ともに堤防より上に緑の膨らみを浮き出している。利根川が狭窄したこの場所は、水害の多い利根川にあって自然堤防の役割をして、堤とともに布佐の町を守ってきたという。

『野の花』は、友人である柳田國男の学生時代をモデルに書かれた「柳田物」といわれる小説のうちの一つだ。柳田は十二歳の時、故郷の播州から一番上の兄が開業医をしていた布川に移り住み、後に医院の移転に伴って対岸の布佐に住んだ。この両岸で少年期の数年を過ごし、その後、東京にいた三兄の下で暮らし始めてからもたびたび出入りしていた。

そこに書かれた内容が柳田の悲恋そのままであることは、岡谷公二によって突き止められている。悲恋というのは、後年に公開された書簡で「母なきいね子」と呼ばれている七つ年下の娘への恋だ。「美人薄命を絵に描いたような人だった」と周囲の人は口をそろえる。柳田は、当時の松岡國男という名や別名を用いて、その恋の端々を『野辺のゆきゝ』など新体詩として発表していた。先方の家はこの恋をよく思わなかったと見られ、「柳田物」にも、結核を患って姉の家に移されたいね子の見舞いすら許されなかったとある。同時期に出た柳田家の養子となる話を受け容れることで恋も終わったと推測され、いね子も亡くなる。葬式に呼ばれることもなかった柳田國男は官僚となって詩や文学を拒絶し、農政学から民俗学を打ち立てる道へと進み、この恋については死ぬまで沈黙を貫いた。

『蒲団』を批判して田山花袋とも疎遠になったが、ありし日の恋の行方と苦悩を詳細に話すほどの交流は、主義主張の異なる二人の書いたものを読み、こんな風景を眺めるたびに偲ばれる。柳田は後年の紀行文や回顧文で、利根川の風景の素晴らしさとして「松原の上を白帆の行く景色」を繰り返し挙げており、一方、花袋の『野の花』の続きにも「ことに面白いのは帆で、その日は恰も風が東南の方向であつたから、いづれも皆遠くから上流へ上流へと上つて来る」とある。青年期の彼らが利根川の流れを眺めることは一度や二度ではなかった。大正九年出版の『水郷めぐり』で、花袋は再び同じ景色について書いている。

私は『野辺の往来《ゆきき》』の作者と共に、町外れにある丘の上へとよくのぼつて行つた。そこからは、利根川が小貝川を併せて、溶々《ようよう》として此方に流れ下つてゐるさまと、更に布佐布川の二つの美しい町の間を流れて、木下から布釜島の方へと流れてゐるさまがありありと手に取るやうに見えた。たしか、その丘の上には、疎らな松林の中に、小さな稲荷の赤い社があつた筈であつた。（中略）私達はそこに立つて、話しても話しても尽きないわかい心を話し合つた。

今、朝方の私の目に映るのは、柳田が後に書いたように「改修の堤がうんと高くなっ」た川表ばかりだ。「稀に通っても帆頭しか見られぬようになった」と嘆いていた帆掛け船は、今では稀にも通らない。それでも、春待つ利根川は変わらない空の冷たい底を一望果てもなく流れて、少年期以来を関東平野の川下の合間に暮らしてきた私の胸をゆっくり押し動かすようでもある。柳田が利根川の回想に書き添えている「風景を説き立てるのは通例は老人だが、実はこうして大きくなる盛りに、うぶな心をもって感動したものが、一生の鑑賞を指導している」ということについて、私は亜美をここに連れ出した理由を思わないでもないのだ。

午前七時、チェックアウトした我々は利根川の堤防に上がり、遥かに続く今日の道を見定めた。後はそれを佐原までひたすら歩くのだ。

「三十キロもドリブルしたらどうなっちゃうかな」

「そもそも三十キロ歩いたことないもんな」私は今日がいちばん心配で「もたないかもな」と亜美の足下を見た。

「だいじょーぶだいじょーぶ」ボールを出しながら亜美は暢気なもので「みどりさんはある？」と訊いた。

「ううん」とみどりさんは首を振った。昨夜しばらく一緒にいたせいか、二人はだいぶ気の置けない感じになっているように見えた。「この旅のための準備で二十五キロくらい歩いたのが一番長いかな。計画立てた時もここは不安だったの。でも、いざとなったら成田線に乗れば大丈夫よ。だいたい川と並んで走ってるから」

ふんふんと生返事でリフティングしながら歩き始めた亜美は、みどりさんに大層ほめられて気を良くしながら、今日はこれ以上明るくなりそうもない一日くもり予報の朝に、ボールの弾む音を響かせる。風もそれほど強くはないから、長い距離を歩くにはよさそうだ。

調子よく歩いては、時折、背伸びで胸を張ったように立ち止まるを繰り返すツグミを見かけながら進んでいると、土手の中ほどを菜の花が埋め尽くしているところであっけなく晴れ間がのぞいた。陽を浴びて風に揺れる黄色は透き通るように鮮やかだ。日記に勉強らしいことも書きたいと言って「これ、菜の花でしょ?」と得意げな亜美に、細かくセイヨウアブラナとセイヨウカラシナの混生で、葉の付き方が違うと教えてやった。花の付き方も違うが、何から何まで言うのも憚られる。まだ十分には開ききらないその黄が視界の底でゆらゆら燃える感じがするくらいに目を据えると、広い高水敷には大きな赤白の鉄塔がきんと聳えて、利根川に電線を渡していた。

「亜美ちゃん、いつも花のこととか教えてもらえるんだ」

「きいたら教えてくれるよ。きかないと何一つ教えてくれないけど。友だちがいないから、そういうのわかんないんだよ」

「一理ある」と言っておいた。

「だから、みどりさんもわかんないことあったらきいたらいいよ。きかなきゃダメだよ。あたしはすぐきく」

「そっか」とみどりさんは力なく笑った。「うらやましいな、亜美ちゃんって」

私がちょっとその言葉に引っかかった時、一羽の黒い影が川の上、電線の下を上流へ飛んで行った。

「カワウ!」

その名を叫んで、ひとしきりその魅力をみどりさんに説明する亜美は実にうれしそうで得意そうであった。我々はそうやって気分としてはだらだら歩いて行ったが、蹴られればゆっくり転がるわけにもいかないボールが、その歩を案外急がせていた。

川沿いに並ぶヤナギの類は多くが花期にはまだ早く、冬芽を太らせかけるところだ。我々から逃げたモズがその枝まで飛んで行って尾羽を回すのを見ながら歩く。堤防の外は一列二列の家並みの奥に田畑が見渡せる。田起こしが済んでのっぺりと広がったところどころに、放置されて稲孫《ひつじ》の残された田があった。

「ヒツジ?」と亜美が訊く。

「秋に刈った後に伸びてきた稲のこと」とみどりさんが言った。「小さいけど、お米もできるの。学校で稲を育てた時に教えてもらったから私も知ってる」

学校の裏庭でバケツに育てたという稲は、稲孫を観察して刈り取ったあとで放置されたそうだが、みどりさんは乾きやすいバケツ稲に水をやり続けたらしい。

「そしたら、もう一回生えて、先生に報告したらみんなの前で褒められて」

「すごいじゃん」

「私は何もしてないけどね」

「でも、水をあげなきゃ育たないじゃん」と亜美は言った。「できたお米って食べられるの?」

「こーんな」親指と人差し指をすれすれまで近づけて「小さいやつ」とみどりさんは言った。「でも、ちゃんとお米だったよ。何粒か取ってあるの。あんまり褒められたともないから嬉しくって」

「へぇー」と自分も嬉しそうな顔を向けた亜美は「あたしもアサガオ育てて先生に褒められたことあるよ」と言って私にボールを預けた。「夏休みのアサガオ観察日記なんだけど、ツルが巻き付く棒みたいなやつのセットがあるじゃん？」

「支柱ね」

「それが、夏休みの前に持って帰った時にボキボキに折れちゃって」

「なんでだよ」と私は思わず言った。

「あたしのやつは夏休みの前は芽しか出てなかったから、まだ取り付けてなかったの。だから棒だけビニール袋に入れてたんだけど、玄関で靴脱ぐとき思いっきり踏んじゃってさー。プラスチックですっごいもろいんだよ。おかーさんもちゃちすぎるって怒ってたぐらいだから、あたし悪くないよ、一年生だし。でもおかーさん、新しいの買ってくれないの」

「どうしたの？」

「どーしよっかなっておやつにアメリカンドッグ食べてたら、その棒が根元の刺すとこにちょうどぴったり立ってさ。おかーさん！」と迫真の声で誰もいない方を振り返る。「って呼んだら、おかーさんもコレしかないって」

みどりさんは今にも笑い出しそうに広がった口で「それで支柱を作ったの？」と訊

いた。

「うん、輪ゴムとテープでつないだんだよ。でも、途中でアメリカンドッグに飽きちゃったから、アイスの棒に替えたんだ」

そこで笑ってしまったみどりさんに気をよくした亜美は「そしたらすごいんだよ！」と声を高める。「アイスの棒とアメリカンドッグの棒が交ざってるんだけど、アメリカンドッグの棒にばっかツルがのびてくの。アサガオはアイスよりアメリカンドッグの方が好きだとわかりましたって観察日記に書いた」

「そんな」信じられないとばかりにみどりさんは笑った。「ほんとに？」

「ウソじゃないよ、ね？」と亜美は私を見た。

嘘ではなかった。当時、姉から送られてきた写真には、偶然かも知れないが、わざわざアイスの棒を飛び越えるようにして丸みを帯びた棒だけにつかまって伸びていく蔓が写っていた。

「みんな笑ったけど、先生に、これは科学だってすっごい褒められちゃってさ」

「すごいなぁ」みどりさんは尊敬の眼差しで言った。「亜美ちゃんってすごい」

「そう？」

「私だったら、支柱を折った時、どうしていいかわからないもの」

「そんな時はね、アメリカンドッグを食べるんだよ」

亜美は私が前に転がしたボールを引き寄せて開いた足の間に置くと、両足を閉じ揃える動きで爪先の内からボールを小さく跳ね上げ、リフティングで歩き始めた。やがて「ミスった！」という叫びと一緒にボールが土手に飛んだ。転がっていくその行方と、追いついてしばらく土手の小段を歩く亜美を、みどりさんは眩しそうに見ていた。

一時間半ほど歩いた河川敷のグラウンドにサッカーゴールが見えて、歓喜した亜美は土手を斜めに駆け下りて行こうとした。時間がないから十五分ほど、長い距離のパス交換とシュート練習だけをした。私も私で楽しく、もっとやっていたいぐらいだったが、ゴール裏、いかにも運動神経に恵まれない走り方で球拾いをしてくれるみどりさんの手前、我々はわがままを言わずに時間を守った。

時刻はまだ十時半を回ったところだったが、我々はコンビニで昼食と、その先のための軽食を買った。亜美はまたオムライスのおにぎりを二つも買ってほくほくしている。

店を出て見上げた西の空はなんとなく暗かった。

「雨雲かもしれないね」とみどりさんは心配そうに言った。「明日は一日ずっと雨で、雪になるかもって」

亜美は嬉しそうな顔で「つもるかな?」と言った。

明日はホテルで休養だと言うのを聞いているのかいないのか、亜美は「雪、つもる？」と繰り返し、みどりさんが明後日は晴れるみたいとスマートフォンを見ながら答えると肩を落とした。

また天端の道を行くと、やがてすぐ横まで車道がせりあがって並ぶようになった。気になってボールが蹴りづらい、どうなってるのと亜美は文句を言うので「スーパー堤防」だと教えた。すぐ横を通る車を恨めしそうに見ている。

堤防で川と反対側の面を裏法《うらのり》というが、その土地を幅広く緩やかに下ろしていって、土地として利用するのがスーパー堤防だと説明すると、ろくに聞かない亜美を差し置いて「すっごく高い堤防のことかと思ってた」と驚いたのはみどりさんだ。「確かにちょっとずつ下がってる」と興味深そうに、大きな公園になっている裏法を見た。

堤防というより「川を見下ろす台地をつくる感じ」だというみどりさんの簡潔な説明に感心しながら「だから」と受けて「盛り土にコストがかかる」と言った。

「それで、事業仕分けの対象になったんだ」

腑に落ちたその顔を見て、私の方はちょっと不思議に思った。あれは東日本大震災の前だから十年前、その時みどりさんは何歳だろうか。

「ちょうど中学受験の時事問題でやりました」

「みどりさん、中学受験したの？」退屈しかけていた亜美はここぞとばかりに声を上げた。

「うん」なんだか恥ずかしげにみどりさんは振り返った。「亜美ちゃんはサッカーがしたくて受験したのよね」

「そう」

「私は、親が決めて受験したの。そうするのが自然みたいな感じで、受験する学校も決められてたし、勉強も言われた通りに頭の中でするだけだった。こうやって歩くだけでわかることなんて沢山あったのに、そういうことは何も教えられなかったし」

「まあ、確かに鳥の名前は覚えたかな」と言って先にいるのを指さす。「あれ、ツグミ」

「だから亜美ちゃんがうらやましいんだ」

「じゃあさ、みどりさんもまた一緒に来ればいいよ」

「いいね」微笑んでから、ふっと寂しげな表情を浮かべた。「でも、私は忙しくなっちゃうかも。仕事するから」

就職先は、亜美でも知っているような服飾メーカーだった。研修後に配属先が決まれば一人暮らしをする予定だったけれど、入社式も研修も未定となってしまったという。

「四月になっても部屋をさがせなかったらどうしよう」

「大丈夫だよ、きっと」無責任なことを言って楽しそうな亜美は「一人暮らししたら遊びに行けるね」と勝手な空想を広げた。「あ、サッカーのスタジアムの近くにしたら？」

「でも、どこに行かされるかはわからないらしいの」

「変なの」亜美はつまらなそうに言ってから「あっ」と顔をほころばせた。「でも、鹿島だったら最高だね」

「鹿島のあたりにはお店がないから、水戸とかだと近くていいかも。どうせすぐ異動になっちゃうみたいなんだけど」

引っ越しをしたことがない亜美には、そういう事情は実感が湧かないようだった。そんな話をしながらしばらく歩くと、車道の反対側に「スーパー堤防発祥の地」と彫られた立派な石碑が現れた。

「あそこでごはん食べよーよ」亜美は碑のそばの東屋を指さした。「せっかくだし」

「せっかくか？」

「雰囲気、雰囲気」

十一時半になったところで、目的地までの三分の一ほどを過ぎていた。楽勝だという亜美を二人でたしなめた後、我々は河川敷の土道を行くことにした。雑草はまだ伸びかけるところで歩きづらくはない。進みながら長めの距離を蹴り合うが、亜美の方はボールがなかなか上がらないで、草にからんで中間に止まる。後ろを歩く私がそこまで歩く間に、亜美も先へ進んで距離を保つ。私の蹴ったボールがそれほどぶれずに届くと、もどかしそうに歪む顔がかろうじて見えた。

やがて取水のために河川敷が分断されるところまで来ると、亜美は土手を上がったところで私を待っていた。

「キック力ってつくのかな？」

「つくよ」これまで何度もされたこの質問には「ある程度は」としか答えようがない。

「女子サッカー見てたらさ、ボールのスピードが男子と全然ちがうじゃん。すっごい努力したプロでもあれぐらいなんだって思っちゃうんだよね」

答えかねている私より先にみどりさんが「亜美ちゃん」と言った。「身長と体重、教えてもらってもいい？」

「測ったの一月だけど、一五一センチの三十七キロ」

「ジーコが十四歳の時とほとんど同じ」

ジーコはポルトガル語でやせっぽちを意味する。小さい頃からのあだ名がそのままサッカーネームになったように、細くて小さな選手だった。テクニックに優れてフラメンゴのユースチームに入ることができたが、他の選手との競り合いで全く勝てず、結果を出せない。

「それで、どうしたの？」

「肉体改造」

それは当時としては異例の徹底ぶりで行われたという。ホルモン注射、ビタミン摂取、食事療法、ウェイトトレーニング。チームの基本練習や試合に合宿もある中で、ジーコの生活は多忙を極めた。早朝のバスで二時間かけて練習場へ向かい、終われば昼から始まる学校まで走り、夕方からはアカデミーでのトレーニング。二時間かけて帰宅すると、もう夜の十一時だった。

「でも、その生活を一年続けてユースチームで得点王になって、プロチームに上がるの」

「へぇ」と嬉しそうにボールを宙へ放る。

「でも、また少ししてユースチームに戻されちゃうの」

「どうして？」

「小さくて痩せすぎてるから」

思わずみどりさんを見た亜美のボールを抱く手に力がこもるのがわかった。

「だから、それからもトレーニングは続いたの」それからみどりさんは人差し指を出して「ジーコはつらかった肉体改造を振り返ってこう言います」と説明口調になり、亜美を見つめた。「もし『もう一度同じことができるか』と問われたら、迷わず『できる』と答える」

亜美は黙ってみどりさんの眼を見つめていた。

「そのために大事なのは、忍耐と記憶だと」

「記憶？」と亜美は首を傾げた。「どういうこと？」

「なんだったっけな」とみどりさんは笑った。「とにかくそう書いてた、自伝に。だから――」そこでみどりさんは笑った。「これ、励ましになってる？　こういうことじゃない？」

「ううん」亜美は首を振って、抱えた手の中でボールを回した。「なってる」

また河川敷に下りて歩けば、枯れたヨシ原の奥に利根川が平たく見える。コロナ禍という言葉が世に馴染んできても変わることのないその流れには目もくれないでボールを触る亜美はきっと、もっと上手くなりたいと願っていた。自分自身で求めたもの。求めること。それだけを考えて生きること。生きたこと。先の見えないこんな状況は、それを考えるのに適していると言ってしまってもいいのだろうか？

また一つ取水路を越えて下に降りると、前方遠くにカーブが消えていくまで、ギシギシが冬のロゼットから根生葉を密に立ち上げ、大きな玉を所かまわずつくっているのが見渡せた。亜美を呼んでそちらを指さすと、すぐに察してボールを土手の下に蹴った。駆け下りて回収し、低く春を待っている一面の雑草の上に大小無造作に散らばっているギシギシの玉どもの列に正対すると、それをディフェンスに見立ててドリブルで進んでいった。みどりさんもなぜか走ってそれを追いかけた。

ボールと片足が長細い葉をリズミカルに鳴らしていく音は、モレリアが土を蹴上げて黒い飛沫を上げたところで止まった。逸れたボールに目をやった後、亜美はその場所を不思議そうに振り返って見つめている。追いついて見ると、モグラの土出しの跡だ。

「やっぱり！」

顔を見合わせて喜んだあと亜美は残った山を見下ろし「ナイスディフェンス」と褒めながら、そのくせ足でさらに削った。「ほんとにいるんだ」

「モグラもキジもいる」

「なんかちょっとわかってきたみたい」と亜美は笑った。「ほんとにいるんだって感じがさー」

ともすれば照れくさい教育的場面を見るのがみどりさんはたまらなく好きらしくにこにこしているが、かなり息が切れていた。

「あと一個、わかったことがあるよ」と亜美はそっちを振り返った。「みどりさんがまっすぐ走ったら、あたしのドリブルよりちょっと速い」

きょとんとしているみどりさんを見ながら、亜美はボールを足下に持ってきた。

「だから競走」とボールを蹴りだす。「途切れるとこまで！」

ウソでしょと小さな声を残してあと百メートルはありそうなところを駆けていく二人が、遠く近くに連なって小さな地平をつくるギシギシの玉に埋もれていく。それを見ていると、私はなんだか幸福な気分になった。

それからしばらく歩き、南からの根木名川《ねこな》が合流する地点に突き当たった。この水門付きの川を渡るのに歩道はなく、川沿いの車道が幅を保つ橋が一本あるばかりだ。根木名川の方を見通しても別の橋は見当たらない。橋の前後もしばらくガードレールに囲われた道で、両端の白線が申し訳程度の歩行者用スペースを作っているが、一人で立ってもはみ出すぐらいだ。歩道の終点から車道を覗き込むと、どうやら少なくとも百メートル以上はそんな道が続くようだった。

「こんなとこ誰も歩いて通らないから」

「そーいえば、もう一時間くらい誰にも会ってないね」

信号で溜まった車が十台ほどまとめて通る間を埋めるように、ちらほら数台の車が通過していく。川沿いに工場が多かったせいか大きなトラックもしばしば交じり、のんびりそこを歩けるものではない。後ろからの車は堤防の陰に潜りこむような道のせいで、前からの車は橋を渡った先がカーブして堰柱《せきちゅう》の陰に入ってしまうせいで、遠くまでは見通せない。

我々はとりあえず、ガードレールの外側の土手下から橋のぎりぎり、等間隔に三本立っている堰柱の陰までやって来た。亜美はそこで終わるガードレールの上から頭を差し出し先を眺める。鼻先を車が次々と掠めていき、身の危険を感じた。

後ろからの車が途切れたところでガードレールを越えて車道に出て、橋を渡り切ったらすぐガードレールの外に逃げるぐらいしか手はなさそうだ。

「って言っても、車、ぜんぜん途切れないよ」

後ろからの車は見えて十秒後には目の前を通り過ぎるから、それ以上は運任せだ。

「みんな、すっごい飛ばしてるし」

みどりさんも亜美の肩に手を置いて心配そうだが、悪くてもせいぜい流れを止めて迷惑をかけるぐらいだろう。みどりさん、亜美、私の順で行くことにした。ガードレールの一番前に立ったみどりさんはかわいそうなくらい動揺し始めた。

「なんか、緊張してきちゃった」と笑った顔が引き攣っている。「い、いつ行けばいいかな？　亜美ちゃん？」

「じゃあ、次に途切れたら行く？」

「合図してくれる？」

「いーよ。あ、あの白い車が行ったら行けるかも」

「合図してね。見てないから、白いとかわからないから」

「それは見といた方がいーよ。タイミングもあるし。見とけば合図もいらないんじゃない？」

「合図はしてほしい」

「どんな合図？」

「今っ！　とかそういう合図。私、大縄跳びとかも入るの苦手で、みんなに迷惑かけたの。いやな思い出ね」

「白い車が通り過ぎたら行けばいーんだよ。大縄跳びより簡単だよ」

「でも言って」

「じゃあ、通り過ぎたら今って言うね。あ、もう一台、白い車来ちゃった。一台目の白で行っちゃダメだよ」

「合図しなかったら行かないから大丈夫。逆に言うと、合図したらいつでも行っちゃうから気を付けて」

「なんで」

「なんでも」

「自分で見てればいいんだよ。そしたら――」

「あっ、ちょっと！　今通ったのが一台目の白？」

「みどりさん、自分で見とけばいいんだよ」

「そうかも。あ、あれね。あれが二台目。あれが行ったら行けばいいのね」

「簡単でしょ」

「ガードレールを上手く越えられると思う？」

「確かに、それが一番やばいかも」

「練習しておかなくて大丈夫？　私？」

「練習で飛び越えてまた戻るの意味ないんじゃないの。あ、白い車通るよ！　通った！　今っ！」

「見てる！　見てるけど今はダメ！　ストップストップ！」

「どーして？」

「練習の話が」肩で息をしながら大きく首を横に振る。「途中だったから」

「そっか」

「気を取り直して」

「合図する？」

「一応して。待って、練習はしないよ。亜美ちゃんの言う通りだと思ったから」

「わかった」

「さっき大っきい声出してごめんね」

「ううん。あ、すっごいトラック」

「あんなのに轢かれたらひとたまりもないね」

「ぺっちゃんこになるかな」

「なんか」みどりさんは帽子をとった。「大縄跳びのこと思い出したら汗かいてきちゃった」

「そんなにいやな思い出なの？」

「亜美ちゃんにはわからない恐怖かもね。亜美ちゃん、得意でしょ？」

「うん。あのトラック、橋通れるのかな？」

「車って縦の長さは全然ちがうのに、横幅はそこまで変わんないの、不思議ね」

「すごーい、タイヤだらけ」

高いところにある運転席の中はガラスの白光りで中を見通せない。手を離したガードレールの奥で、轟音を響かせて大きな車体が目の前に壁を作ってゆっくり通り過ぎていった。

「亜美ちゃん」

「なに？」

「メガネ落ちてない？」

見ると、みどりさんの顔からメガネが消えている。いやな予感に視線を下ろすと、今、トラックが通り過ぎて排気ガスの散らない道路の上にあった。両方のつるが折れて砕けている。

「トラックが通る時に、帽子かぶろうとして飛んじゃったんだけど」

私と亜美はゆっくり顔を見合わせた。

「ある？」

黙ってガードレールを飛び越え、メガネと大きな破片も拾って戻る。根元から折れたつる以外は形を保ってはいるが、レンズに擦ったような傷がついていた。

「タイヤ多かったの？」みどりさんは焦点の合っていない目で言った。

「タイヤ？」亜美はメガネから目を離さないで言った。

「なんか言ってなかった？　タイヤだらけですごいって」そこでみどりさんは、存外落ち着いた顔を亜美に向けた。「もしかして、壊れた？」

「壊れちゃった」

私はみどりさんにつるのもげたメガネを渡した。

「どうしよう」亜美は泣きそうに顔をゆがめた。「見える？　視力いくつ？」

「〇・〇二」と呟いた。「でも」みどりさんはメガネを目に添えて我々を確認すると、意を決したように言った。「コンタクトレンズがあるから」

我々は一度土手の下の護岸されたところまで下がった。荷物をさぐるみどりさんの目に亜美がメガネを添え、小さなポーチが取り出される。その中から、使い捨てコンタクトレンズの束が出てきた。

「小学校からずっとメガネだったんだけど、就職を機にコンタクトにしてみようって思って」と話す間にウェットティッシュで念入りに手を拭く。「でも怖くて、まだ一回もつけたことないんだけど」

利根川を見ながら初めてのコンタクトレンズを入れる背中を見つめること十分、格闘の末、実況によると二枚ほどダメにしたらしいが、コンタクトレンズがその目に収まった。

「見える」とみどりさんは目も口も開いて我々の方を振り返った。「どうして?」

「コンタクトレンズだからじゃない?」

「すごい」みどりさんは声を震わせて立ち上がる。「二人の顔もすごい、なんかくっきりして」とつぶやいて奥の草地を指さし「一本一本が」と言ったきりで、ゆっくり後ろを振り返って対岸をしばし眺めてから叫んだ。「向こう岸の草まで」

「そんな感動するもの?」目のいい亜美は不思議そうだ。

「うん、する」と子供のように答えて、みどりさんはまた振り返った。「今なら、橋もぱっと渡れそう」

「それは関係ないんじゃない？」と亜美は笑った。「みどりさん、なんか変だよ」

「変？」みどりさんは一瞬ぽかんとして、それから噛みしめるように「変」と言った。

我々は一応無事に橋を渡った。ガードレールで予想以上にもたついたみどりさんのおかげで、歩行者に敵意を抱いているような軽トラックがぐんぐん迫り、我々は全力疾走のままガードレールと堰柱の隙間から外に逃げ込んだ。私のすぐ後ろを通過しながら、軽トラックはご丁寧にクラクションまで鳴らしていった。

ひどいとかバカとか叫ぶ亜美の後ろで時計を見ると、もう二時になろうというところだ。ちょうど半分といったところだから、日が沈むまでに佐原に着くのは難しそうだった。とはいえ歩くほかはなく一時間、滑河《なめがわ》駅のすぐそばまで来た。この先、成田線は利根川から少し離れ、リタイヤは難しくなる。もちろん亜美はそのまま行くと言ったが、さすがにちょっと脚がだるいと訴えた。

「ボールしまってもいいんだぞ」

「それじゃ、練習の旅の意味がないじゃん」

だから亜美はがんばってドリブルしながら歩いた。ボールは足下から離れがちになったが、両足を交互に使っているらしいことや、アウトサイドで軌道を内に修正するようなタッチはなんだか意志を感じさせた。途中で見かけた道の駅は、外出自粛という割には駐車場はかなりの車で埋まっている。建物の前を人が盛んに行き交う様子が見えると、ここしばらくの人混みを避ける意識が久しぶりに思い出されて、自然にそこを通り過ぎた。

それから何となく口数が少なくなったことを覚えているのは、堤防がはっきりした段を作り始めた頃に見えた神崎《こうざき》神社の高く育った森が、柳田國男を呼んできたからだ。あそこには、有名ななんじゃもんじゃの木がある。そんな名前の樹木は無く、単なるクスノキだが、水戸黄門が「この木は何というもんじゃろうか」と自問し感嘆したことでその名が残ったという。しかし、それほど珍しい木でもないし、その名がわからないはずもなかろうと柳田國男は書いている。事実、この木について書いたと思われる古文書にも「樟」の字が見つかるという。

なんじゃもんじゃと呼ばれる木は樹種を問わず各地にあり、神崎のはその一本である。「名なし木」と呼ばれるものもあるが、それがきまって当地の人々の注意をひくような木であるように、「なんじゃもんじゃ」も土地の人々が愛着を持ってきた木で、逸話はそれらしく後で作られたものだろうと柳田は推測する。

人は歴史歴史としきりに書いたものばかり捜しまわるが、それはたいていずっと後にできたものであるのみならず、記録にはたったこれくらいの事でも、その昔の常人の感覚を、書いて残しているものはないのである。

真相は不明ながらも柳田は「珍しい名を、土地で大切に思う樹木に付与しておいて、我々をして永く忘れしめず、またしばしば疑いかつ問わしめようとした昔の人の親切」だとして考察を進める。こうした名木の名称は、時代が下るにつれて「杖立銀杏とか腰懸松」から「西行上人の見返柳」と次第に説明的な動かしがたいものになっていくが、「なんじゃもんじゃ」はそれ以前の一過程を示すものではないか。

その謎はともかくとして、書き残されない常人の感覚というのは、私の興味を大いにかき立てるものだ。なんじゃもんじゃと口に出して少しも不思議に思わない人の感覚はついに一言も残らなかったが、その人々がいなくなっても立っている木との時間を生きる私は、疑いながら問いながら、今より小さなクスノキを見上げた利根川沿いの人々の生活を思う。

みどりさんはずっと飽きずに眼下の緑と水を眺めて歩いた。感づいた亜美が声をかけると、「今まで見た景色の中で一番きれい」だと言い、この日この時この景色を「一生忘れない」と言い切った。

「そんなに言われたら、あたしも忘れないかもなー」

「たぶん、亜美ちゃんと同じくらい見えるようになったと思うんだけど」

「きっとそうだよ」亜美はボールを軽く前に蹴り出してかがみ、脛の外側をげんこつで叩きながら、みどりさんと同じ川面を見下ろした。「同じ風に見えてるよ」

「小さい頃からずっと目が悪かったんだけど、こんな風に見えてたら性格とかも違った気がする」

「大げさだなぁ」

その時、川の中ほどに首だけ浮かんできた鳥を「あっ」と指さし「カワウ！」と二人で声をそろえた。またすぐに潜って何もいなくなった水面から視線を離さないように歩く二人が視界に入るよう、私は少し遅れて歩いていた。

「カワウもすっごく目がいいんだよ」

「ほら」みどりさんは嬉しそうに言った。「だからあんな風にのびのび生きられるんだ」

亜美の笑い声が、だんだん気温の下がるような午後の空気によく響く。その時、雲が割れて一帯に光が差した。

「わ」色彩を白く変える地面を見つめ下ろしたままで亜美は会話を続ける。「じゃあ、コウモリとかは？」

「楽しくなさそうでしょ。深海魚とかも」ひどい決めつけをしたみどりさんは、一向にカワウの現れない川から目を離して亜美を見た。「亜美ちゃんは、人生楽しい？」

「うん」髪を輪に光らせながら亜美は笑った。「楽しい」

「ほら」

もう二十キロは歩いたろうか。私は慣れたものだが、二人にはさすがに疲れが見えてきた。特に亜美は脛や踵にガタがきているようで、時折、しゃがみこんでは揉んでいる。休憩を取ろうと言ったら珍しく安堵の表情を浮かべた。並んで座り、ストレッチをしながら話し始めた二人から少し離れたところで、私はノートを取り出した。

三月十一日　16:34〜16:59

明日は雨になるそうだが、低いところの空の狭い一帯だけちょうど雲が途切れている。大きなカーブを描いた利根川の広い水面はその下に地平線をつくり、その上にまだ暮れるというには少し早そうな太陽がある。さっきまで足をひきずり歩く我々の背を照らしていた陽光が、今度は輝く白い帯を水面にまっすぐ渡している。風になぜられ立ち揺らいだ波が、ぎらぎら凄まじくきらめいて私の目を離さない。そのせいで眩んだ目を移したノートの紙面に、薄紫や桃色をしたゆがんだ円が目に染みついて上滑った。やがて、この残像が再び眺める水面にも働くことを私は発見した。太陽までまっすぐ続く、ノイズのような横への広がりを絶えず震わせている猛烈な光の筋の集まりである白い帯をまた見つめるうち、川面はじわじわと菖蒲《あやめ》色に染まっていく。焦点がずれると白光が顔を出し、菖蒲と斑の織りになり、やがて視界の全体が真っ白に薄れていく。そこでまたノートに目を落とすや、文字もろくに見えない眩みきった視界に薄紫の大円が浮かび上がる。再び日輪へ顔を上げれば、菖蒲色の川が目に現れる。私は「星は何かの機会さえあれば、白昼でも見える」という柳田國男の言葉を思い出しながら、このくり返しに夢中になっていた。

85

だから私は、亜美がリフティングをしているのに気づかなかった。視界には青黒い残像がこびりつき、マッサージされながら回数を報告する顔は見られなかったが、声色はずいぶん余裕がありそうだった。

とはいえ歩き始めれば、ぶり返した疲れに口数は少ない。暮れかける日はいつの間にか厚くなってきた雲の向こうだ。道路の白線だけを明るく残して灰を撒いたように薄暗く沈み、川の水も冷え固まってしんとしている。極端に少ない街灯が数十メートル先に灯る瞬間を見ていた顔が霧雨に蒸れるのを感じた時、亜美も空を見上げて「雨」とつぶやいた。我々は急いで雨着をかぶった。亜美はこのままで平気と言ったが、ホテルで面倒くさいからと無理やり着させる。それでもボールはしまわなかった。

騒ぎもせずに黙って歩く頼りは、すぐ横の車道を飛ばす自動車の、黄色い針のような雨を前方に映し出すヘッドライトぐらいだ。タイヤが薄く濡れた音を律儀に這わせて過ぎていく音が、だんだん耳につき始める。

「あとどれくらーい？」

急に間延びした声を出した亜美が転がすボールは、雨に染まったアスファルトの上っ面を裂いて短い直線を繋げたような跡を残している。車が途切れてそれが闇に紛れると、ジッパーを上げるような微かな水音が聞こえ始めた。

「ホテルまでは」スマホの光を手元に浮かべてみどりさんが返す。「五キロ以上あるかな」

「予定よりだいぶ遅い？」と亜美は私をちらと見た。

「今の時間なら、佐原の大きな橋には着いてなきゃいけなかったな」

「じゃーさ、リフティングしてる場合じゃなかったじゃん」

「リフティングは自分で勝手に始めたんだろ」

「勝手にって、そっちが書いてるからあたしもやらなきゃって思ったんじゃん！」

「まあまあ」みどりさんが一応といった感じで宥《なだ》めてくれる。「ホテルのチェックインも六時にしてあったから、電話しないと」

そんな会話とホテルへの電話以外は黙々と足を動かしている間、私はさっきの続きを考えていた。

柳田國男は、利根川沿いに住んでいた少年時代、青空を振り仰いだ際に数十の星を見るという神秘体験をしている。公には二度書かれたその述懐には若干の相違があるけれど、逆に相違のない部分――それを見て、ヒヨドリの鳴く声で我に返ったという出来事の紛れもなさが際立ってくる気さえする。周囲の人間に話しても信じてもらえず、昼に星は見えないと簡単な天文学の本すら出して来られたそうだ。しかし、そんな知識のない人ばかりが家にいたなら、その本気が伝わって、話は不思議な伝承として残されていたかも知れない。柳田がそんな風に書いていたのを、私はなんとなく忘れられない。

私しか見なかったことを先々へ残すことに、私は――少しあせっているかも知れないが――本気である。そのために一人で口を噤みながら練習足らずの言葉をあれこれ尽くしているというのに、そのために本当に必要とするのはあらゆる意味で無垢で迷信深いお喋りな人間たちだという事実が、また私をあせらせる。

大きく蛇行する利根川に合わせて、堤防道はゆるやかに右へ曲がっている。その膨らみまで歩が進むと、今や黒々と落ち込んだ谷同然の利根川の下流が先まで見通せるようになった。遠くへ灯りを点々とかけているのが水郷大橋で、その道を川から離れていけば佐原の市街地方面だ。ちょうど街灯の下にいた我々は、なんとなくほっとして顔を見合わせた。亜美の額には、しぼられたばかりらしい前髪の束が下がっていて、みどりさんは顔を濡らしてほとんど目が開いていなかった。

「夜ごはんってどうするの?」ゆっくりした屈伸に顔を歪めた亜美が訊く。

「佐原に着けば何でもあるよ」

「オムライスもさすがに飽きてきちゃったからな」

そんなこと言って入ったファミリーレストランで、迷いもせずにオムライスを指さした亜美は、テーブルの下で足が攣りそうになって何度も騒いだ。それはみどりさんも一緒で、隣同士で座るようになった二人は食べている途中、何かの拍子にやばいやばいと急に手を止め、体を傾けたりした。

チェックインして風呂から戻って来た亜美の髪は、みどりさんのおかげでしっかり乾いていた。亜美は自分からシューズを磨き始め、仕上げに、コロナ対策といってホテルのフロントでもらった靴への除菌スプレーをモレリアの中に噴射した。かすかな白い煙に包まれたその姿を、床にあぐらして頬杖ついたまま静かに眺めていたが、そのうち目をつむって舟をこぎ始めた。声をかけてベッドに押し込むと、日記は明日書くと言って力尽きたように眠った。

＊

明け方から強い雨が降って、夕方には雪になるかもしれないという予報だが、もともと今日は休みにする予定の我々は九時まで寝ていた。亜美を起こすと、筋肉痛で体が満足に動かないらしく布団の中で呻いた。放っておいて着替えをし、ユニットバスで身づくろいを済ませて出ると、枕もとの電話のコードが布団の中まで目いっぱいのびている。昨日覚えたみどりさんとの内線電話だろう。

「では、エレベーターで待ち合わせとゆーことで」

緩慢な動きで出てきた腕がなんとか受話器を置いた。そういえば、朝も二人でお風呂に行くんだと聞いたような気がした。

「朝ごはん、お風呂の後こっちに呼んで一緒に食べていい？」

今回の旅の朝食はホテルのレストランで食べるのではなく、買ってきたものを部屋で食べると決めていた。断る理由はないが、二人の風呂を待つのもなんだから出かけると私は言った。

「どこに？」

「図書館」

みどりさんと合流したエレベーターで予定を訊いたら、顔を見合わせ、亜美が代表してホテルにいると言うので、今日は自由行動になった。昨日の日記を書いておくように言うと、生返事の上にあくびまででした。

エレベーターを降りておぼつかない足取りで支え合うように歩いて行く二人の後ろ姿を見送る。亜美は角を曲がる直前にこちらを向いて、お昼ごはんよろしくと手を振った。

佐原中央図書館は線路のすぐ反対、三分もかからない。折り畳み傘の少ない骨を伝って滴り続ける雨垂れを目に映しているうちに着いたのは、外壁のレンガが赤茶に濡れ、その隙間が黒っぽく水を行き渡らせている建物だ。縦型のブラインドが隙間なく閉じられて中の見通せないガラスに貼り紙がしてあった。

感染症対策に伴う市内読書施設の臨時休館について

いつも香取市立図書館をご利用いただき、誠にありがとうございます。
コロナウイルスの感染拡大予防のため、市内の読書施設を臨時休館とさせていただきます。
ご迷惑をおかけしますが、なにとぞよろしくご理解ください。

都内の図書館がまだ開いていたので高をくくっていた自分の見通しの甘さと危機感のなさを思い知らされた。千葉県では早くに感染者が出たこともあり、対応が早いのかも知れない。首都圏への緊急事態宣言は、この約四週間後に出されることになる。

軒下から重たい雨の空を見上げた途端、ホテルに残してきた亜美の顔がちらついたが、一昨日出会ったばかりの女子大生を信用しすぎているのではないかと不安になるということはなかった。あの時に考えもしなかったし、思ったとしても杞憂に終わっていたことを今になって書きつける必要もないけれど、ひとまずの間は書いたことが残っているとするなら、どんなことでも記録しておくべきなのだろう。

だから、そんなことを思わない令和二年の三月十二日の私は、雨の佐原の町をゆっくり見て回ることにした。かつて女学校勤めをした小島信夫が一年ほど住み、小説の舞台にもした水郷の町だ。図書館に行こうとしたのもそれに改めて目を通したかったのと、柳田國男についていくつか確かめたいことがあったからだった。

私は利根川にかかる水郷大橋を渡り、横利根川が合流するところにある公園へ足をのばした。横利根川は南北にのび、常陸利根川を経て利根川と霞ヶ浦をつなぐが、水位を合わせて船を通すための閘門が今なお現役で稼働し、年に千から二千の船がそこを通るという。この水郷地帯では、かつては道よりも川が交通の用をなした。エンマと呼ばれる水路が張り巡らされ、人々が田舟で行き交う脇に、水との境も曖昧な細い道や橋がついた景色が広がっていた。今はエンマも埋め立てられて、見渡す限りの水田に舗装道路が細く脈を通す。その過渡期、エンマの埋め立てられつつある頃に訪れた安岡章太郎は、「ゴミ溜め代用」とされたひどい汚れ具合を目にして、「小島の小説によれば、そこの人たちは、自分たちのエンマを誇りにしていたというではないか」と嘆いている。

その小説を『鬼』という。小島信夫本人と同じくこの町にやって来た新参者として描かれる主人公の「私」がエンマにたびたび落っこちると、その失敗を見た地元の者は誇りを持つようであったという。「私」はたびたび「忍耐」という言葉を口にする。風の強い堤防道を自転車でなかなか進めないのを「一歩一歩徒労に近い行進をしながら、その一歩一歩によって私の忍耐力が次第次第にふくらみ、私が将来、それによって何事かを成就することになるかも知れないと空想したり」、また第二次大戦を前線の兵として「相手につられて動かないで、じっと忍耐しているという、非生産的な生れつきの性質」によって生き抜いた記憶を自慢に思ったりする。その忍耐への意志と所作は、小説の最後まで愚鈍に付きまとってくるのだが、私の気にかかるのはこんな場面だ。

私は行手の左側のタンボの中に鷺が二、三羽立っているのを見かけた。私はそういうものを予期してはいなかったので、思わず自転車を止めてその姿を眺めた。私は見ているうちに、胸が迫ってくるような感動におそわれる、と思っているうちに、目に涙が出てきた。私は次の瞬間に眼をつぶってその感動が静まるのを待ち、じっとこらえて立っていた。つまり私は忍耐していたのだ。それから私は、

「オヤ」

と呟いた。

(こいつは何だろう)

(この忍耐は何だろう)

ここを通り過ぎて銚子まで歩いたこともある柳田國男は、これとよく似た感動を紹介している。蘭領の島で稲作をしていた友人が何日も寝ずに働いた後に小屋で休んでいた時、「圃場の上を白鷺のような鳥が二三羽、緩やかに飛びまわっている」のを見て、「何ということなしに、居合せた者が皆涙をこぼした」というのだ。「つまり人間の努力の前に、自然がなよなよと凭りかかる光景が快いのである」

柳田が断じている感動は、努力して土地を手懐けた百姓のもので、訪れては帰るだけの気楽な旅人ならまだしも、よそ者が感じやすいものではない。小島信夫の不敵な

気楽さはその感動を容易に引き起こすが、同時にそれへ甘んじることを戒めるような忍耐に対する不思議さも書き込まれている。

　そして、本当に永らく自分を救い続けるのは、このような、迂闊な感動を内から律するような忍耐だと私は知りつつある。この忍耐は何だろう。その不思議を私はもっと思い知りたいし、その果てに心のふるえない人間が待望されているとしても、そうなることを今は望む。この旅の記憶に浮わついて手を止めようとする心の震えを静め、忍耐し、書かなければならない。後には文字が成果ではなく、灰のように残るだろう。


　三人分の昼食と飲み物を適当に買って、昼頃にホテルに戻った。二人は、広いこちらの部屋のベッドとソファにそれぞれくつろいで、テレビで『おジャ魔女どれみ』を見ていた。みどりさんのスマートフォンからキャストしたらしい。

　おそいと文句を言う亜美をオムライスのおにぎりをテーブルに転がして黙らせる。みどりさんが持ってきていた財布を開けようとするのを制する間に、亜美はもうフィルムを剝いていた。恐縮しているみどりさんは、私に先に選ぶよう勧め、続けて「亜美ちゃん、もう一つどれがいい？」と訊いた。

「みどりさん、好きなの選んでいいよ」口をいっぱいにしながらも一応全てをチェッ

ク し終えた亜美の目は、私にぎろりと向けられた。「わざとだな」

「どういうこと？」

みどりさんがテーブルに野菜スティックと惣菜を広げながら訊く間に、私は手洗いうがいと言ってその場を離れた。

オムライスのおにぎり以外は全部、ごはんと海苔が分離された、縦に裂いて左右に引っ張る包装だった。亜美はそれを上手く開けられないから、自分で買うときは決して選ばない。昨日もそうだった。

「落ち着いてやれば大丈夫よ」

「どうしても海苔が破けちゃうんだよな」

そんな声だけ聞きながら戻ると、みどりさんが模範を示しているところだ。亜美は真剣に覗きこみ、しきりに頷き、「書いてある通りにね」というアドバイスとも言えないアドバイスを受けながら、真ん中の①のつまみを下に引く。

「ここまではいつもいいんだよね」

そりゃそうだろうと思うが、みどりさんは「うんうん」と優しい。しかし「次が大事よ」と言われたそばから②と③をほとんど同時にぞんざいに引っ張るせいで、肩から海苔を引きちぎられたおにぎりが現れ、あやうく手からこぼれ落ちかけた。

絵に描いたような失敗にみどりさんは思わず顔を伏せて笑った。そのまま肩を震わせている横で、亜美は「あーあ」とか言っている。

「この旅で」顔を上げたみどりさんの第一声には震えが残っていた。「克服すればいいんじゃない？」

「できるかな」弱気になった亜美は失敗の部分を隠すように一口食べた。「一生オムライスのおにぎりだけ食べてようかな」

ちょうどテレビでも、小学三年生のどれみが初めての魔法服の着替えに失敗する場面だ。私はそれに見入った。

「みどりさんも見てたんだって」亜美はフィルムの中に取り残された海苔を引っ張り出してひらひら振って口に放り込んだ。「さっき盛り上がってたんだ。あ、昨日の分の日記は書いたからね。見せないけど」

世代じゃないのにと訊いてみたら、みどりさんは大学時代にプリキュアからさかのぼったという。

「亜美ちゃんはお母さんの影響なんだよね」

今から二十一年前、その人物が当時もう高校生だった時、私も『おジャ魔女どれみ』を一緒に見るように言われたのだ。以後四年、毎週日曜、朝八時半にテレビ前に集合させられていた。

我々は体をほぐしながらそのアニメを見て午後を過ごした。耳に残る、オープニング曲「おジャ魔女カーニバル‼」が何度目か流れて、だらだらした雰囲気の中で急にぶたれた亜美の演説を、私はよく覚えている。

「不思議なチカラがわいたらどーしよ？ ってゆーのはさ、魔法が使えるみたいにサッカーが上手くなることでしょ。どっきりだし、びっくりだし」

「それが、何だかとってもすてきね、なのね」

「いーでしょ」

「いーよね」

「でしょー？」笑って後ろに傾いだ戻りしな「そしたらさっ」と声を張り上げる。「もうサッカーばっかりして学校なんか行かなくていーじゃん？ それだときっと毎日が日曜日みたいだし、やな宿題はぜーんぶゴミ箱にすてちゃえ、になるんだけど、どうやってサッカーが上手くなるかっていうのは、教科書みても書いてないけどだし、子猫にきいてもそっぽ向くけどって感じで練習あるのみなの。でもね、だからがんばって練習したら、もしかしてほんとーにできちゃうかもしれないじゃん？」

私は亜美の背後で興味深く耳を傾けていたのだ。

「大きな声でピリカピリララっていうのは呪文だから、あたしの場合は不動明王の真言で」と大げさに目を閉じる。「のうまくさんまんだ ばざらだん せんだ まかろしやだ さはたや うんたらたかんまん！ サッカーよ、上手くなれ！」

魔法シーンの真似に、みどりさんはすごいすごいと大喜びで手を叩いた。

「パパ、ママ、せんせに怒られちゃうけどさ、そんなの実はどーだっていーじゃんってことなんだよね。サッカーできてたらさ。だから、テストで3点、笑顔は満点、ドキドキワクワクは年中無休なの」

「ずっとずっとね」

「年中無休！」

最後はちょうどテレビの声と重なった。親切な合いの手でおしまいまで説明しきった亜美は、満足そうに息をついてベッドの上へ仰向けに倒れて、すぐ横のみどりさんを見た。ふっと笑い合ったと思うや、亜美はみどりさんのスマホに手を伸ばして一時停止し「トイレ！」と、筋肉痛の緩慢な動きでベッドから転がり降りた。

「尊敬しちゃいます」

二人になった部屋に浮かんだ声は当人に聞こえないよう小さかったから、私も「なんで？」と声を潜めた。

「この歌のこと、私はあんな風に、自分が何かする歌だなんて考えたことなかった。ただ、魔法が使えるようになったらいいのにって夢みたいに思うだけで」

「できちゃうかもしれないよってのを真に受ける奴がいるんだ」

「そうなんです」みどりさんはひそかに語気を強めて、驚いたような顔を私に向けた。「すごく自然にそうやって考えられる人がいて、しかもまだ小学生で、人間としてのそもそもが違うんだって思ったら、なんか自分が情けなくなってきちゃって。亜美ちゃん、絶対大物になりますよ」

どうだろうか。

「私は応援するしかできないですけど」

「応援だって――」

できない者から見ればほとんど魔法に等しいものだと続けようとしたら「ねーねー！」と張り上げた声とドアの開く音に邪魔された。流水の音を後ろに「明日は普通に出発できるかな」と亜美が出てきた。

「晴れるみたいだし大丈夫じゃないかな」さっきまでのみどりさんはもうそこにいない。「道路が乾いてるといいけどね」

「明日も利根川？」

利根川をあと少し行ったところで橋を渡り茨城県に入る。鹿嶋市の前の神栖《かみす》市で一泊する予定だ。

「なるほど」いかにもまともに聞いていない亜美はまたベッドにゆっくりと転がる。「ずーっとこの旅が続いたらいいのになー」とみどりさんを見た。「ね、みどりさん」

かたいソファの上に体育座りをしているみどりさんは、いつの間にかスマホを見つめていた。真剣に文字を追っているような様子で、亜美の言葉も聞いていなかった。

「みどりさん？」亜美は心配そうに訊いた。「どうしたの？」

「ううん」その声はこれまで何度か聞いた同じ言い方より強く、スマホも画面を下にして置かれた。「なんでもない」

それ以上、我々は何も言わなかった。またスマホを取って一時停止を解くみどりさんは何かを気にしているようにも見えたが、だらだらアニメを見ている間に、そんなことは忘れてしまった。

ホテルの簡素なレストランで夕飯を食べて風呂に行った後、亜美はみどりさんの部屋に遊びに行った。私が今日の会話を忘れないようノートに書き出していると、亜美がマジックを借りに来た。

「真言でも書くのか」

「当たり！」声を張った時にはもうドアに手をかけていたが、そこで何か思い出したように振り返って「日記はお休み」と言うと、逃げるように出て行った。

＊

翌朝、一人で目を覚まし、分厚い遮光カーテンのせいでまったく暗いドアの下に、白い紙切れがあるのに気づいた。外から差し入れたものらしい二つに折ったホテルのメモ帳で、中にこれも二つに折った千円札が挟まれている。ユニットバスに入り、浴槽の縁に腰かけて開いた。

「こんな置き手紙でお別れするのを許してください。これ以上、私は二人の旅を邪魔するわけにはいきません。勝手なことをしてごめんなさい。二人の旅の無事を祈っています。亜美ちゃん、ほんとにほんとにごめん。楽しい思い出をありがとう。さようなら。　那須高みどり」

謝ってばかりの文面をしばらく眺め、どうしたものかと考えた。メモを手に、布団をすっぽりかぶって寝ている亜美をしばらく見下ろした後、起こしてメモを見せる。カーテンを開けていたから、読んだ時の表情は見なかった。意外に冷静だったのは、寝起きだったからか、昨日まで一緒にいた時間が長く、みどりさんの人となりを私よりもずっとわかっていたからか。それでも亜美は、すぐにみどりさんの部屋を見に出て行き、戻ってきた。

「いないみたいだった」

何か心当たりはと訊くのもはばかられたが、亜美は自分で話し始めた。

「一昨日、夕方にリフティングした時、実は真言を唱えるの忘れちゃっててさ。それを昨日の朝にお風呂入ったとき、みどりさんに言ったらすっごく羨ましがってくれてさ、それで『おジャ魔女どれみ』の話になったんだった。だからあたし、滝前不動の話もして、みどりさんも自分の真言を決めればいーじゃんって言ってスマホで調べて、コレを私の手のひらに書いてよって。もう寝るし明日の朝にしたらって言ったんだけど、今書いてほしいって。たぶんその時にもう決めてたんだね」

静かに話す亜美を見ながら、大人になったと思った。この旅がそうしたわけではないかもしれないが。

「なんて真言だった？」

「スマホ見ながら写しただけだから、あんまり覚えてない」

「誰の真言だったとか、ご利益とか」

「覚えてないよ」

「どういう意味だとか、なんか見なかったか」

「あのね」亜美は私をじろりとにらんだ。「意味はわかんなくていいとか言ったのはそっちじゃん。あたしはそれをそのまんまみどりさんに言ったの。だからそんなとこ一個も見てない、けど、でも確か」急に明るい声で背筋を伸ばした。「最初は『おん』から始まってた。そーゆーのある？」

「真言のほとんどが『おん』から始まる」

テーブルに頬をつけて脱力する亜美の目の前に、私はスマートフォンで検索した真言の一覧を突きつけた。「この中にあるか？」

「これ、昨日見たのと同じサイトだ」またにわかに明るくなった亜美の顔は、何度も指を滑らせるにつれて情けないものに変わっていった。「ぜんぜんわかんないや」

「書いてみろ」私はホテルのメモ帳とマジックを亜美の前に置いた。「これなら、だいたいみどりさんの手のひらと同じくらいだろ。一つずつ書いてみろ」

「書いたって一緒だよ」

「やってみろって」

「でも」と亜美は黙ってスクロールし直し、思い出そうとしている。

「心をこめて書いたんだろ」私は努めて静かに言った。「書いたことはなくならない」

亜美はテーブル前の鏡越しに私を見上げた。私はその不安げな目をじっと見返した。

「わかった」亜美はマジックを手に取り「おん」から始まる真言を上から書いていった。

真面目に書いているに決まっているが、下手な字で、改行も無茶苦茶で読みづらい真言がテーブルの上にたまっていく。ひどいもんだと思わず口にするところだったが、みどりさんはそれを手に書かれてもそんな風には思わなかったはずだから、わかるかも知れない。

ある一枚を書き終えた時、急に亜美の手が止まった。亜美はゆっくりキャップを閉めてから、今度は振り向いて私を見上げた。

「これかも」亜美は笑い出しそうな表情で言った。「これだよ」

紙には「おん　あみりと　どはんば　うんはった　そわか」と書かれていた。

「馬頭観音だ」

亜美は唇を強く嚙みながら、画面に書かれた馬頭観音のご利益を見つめている。無病息災、動物救済、厄除け、旅行安全。

「みどりさんって、優しい人だよね」と言う声は少し震えていた。「二日一緒にいただけだけどさ、それだけでもわかるぐらい、みどりさんは誰かのために何かをしてあげられる人なんだよ。自分のことなんていつも後回しにしちゃうぐらい優しい人なの」言葉を押し込んでいくように言ったが、その続きは悲痛な湿りをもって響いた。

私もまた、楽しいアニメ主題歌から劣等感を見出し、自分には優しさを向ける価値がないと苛まれてしまう心の持ち主を思い出していた。

「何があったか知らないけど、自分のためじゃなくてあたしたちの邪魔をしちゃいけないって思っていなくなっちゃうのも、優しいからだよ」

外の廊下を二、三人が歩いていく、ぼそぼそとした話し声が聞こえる。

「だから、こんなのすごく勝手な思い込みかもしれないけど」ぽつりと前置きしてから亜美は続けた。「みどりさんは、あたしたちのために祈るんじゃないかな」

私は同意しながら何も言えない。メモ帳の、昨夜はみどりさんの手のひらに書かれた馬頭観音の真言に向かって話す亜美を見守るしかできなかった。

「こっそりさよならして、あたしたちのことどうでもいいなんて人じゃないよね？　絶対、あたしたちのことを考えちゃってるはずだよね？　だから、昨日、真言を選んだ時に、もうこうするって決めてたんなら、この真言を選んだのは、きっと——」

そう言って、亜美はゆっくりと画面の中の「旅行安全」を指さした。

「これのためだと思う」

我々の旅の安全を祈るための真言。

「だからって、もうどうしようもないけどさ」はっきり喋りながら、亜美は浴衣の袖で涙をこっそり拭った。

「そんなことはない」私は亜美の頭にちょっと手を置いて、すぐに離した。「滝前不動の話もしたんだな？」

「した」不思議そうに私を見る目は潤んで赤い。

「二日一緒にいただけだけど」と私は亜美の言葉を借りた。「みどりさんは自然や人間を見る目があり、それを敬うことのできる人だ。そして、亜美が言ったように優しい人でもある。でも、自分に自信がない。確かにみどりさんは我々のために祈るだろう。でも、私が祈れば大丈夫とは考えないだろう」

「うん」

「じゃあ、誰にその祈りを示せばいい？」

それから三十分後、急いで支度した我々は南東十キロ先を目指して歩いていた。「それでも、馬頭観音を本尊にしてる寺は少ない」

「この辺りには馬頭観音の石仏が沢山ある」ということを私は知っていた。

「それが、その観音寺」

グーグルマップの検索に「観音寺（馬乗り馬頭観音）」と赤いピンが表示された時、我々は歓喜に沸いた。もちろん、こんなことは単なる早合点かもしれない。それに賭けて回り道をすれば、タイムリミットの三日後までに鹿島にたどり着けるかどうかわからなくなると念を押しても、亜美は行くと言った。

「馬乗り馬頭観音って何なの」

「馬に乗った馬頭観音」と読んで字の如くを言った。「ふつうは馬頭観音だけなんだけど、千葉ではそれが馬に乗った姿がたくさん作られる。道端にいくつもある」

我々は大根という地名の坂を上っているところだった。まっすぐ続いた道が小さな蛇行を描いた路傍、チャノキの陰に小さなお堂が見えて、あれも怪しいと指さした。

亜美は小走りで段を飛び越すと木格子の中を覗いた。私も続いて覗くから光がろくに入らないその中に、馬に乗った人物を象《かたど》った石像がある。細かい目鼻の凹凸は消えているが、馬頭観音とかろうじてわかった。端によって光を入れると白っぽく浮かび上がるようだが、銘文は見えない。そもそもないのかもしれない。

「なんでこんな道端にあるのさ」

「多分、この辺りで馬が急に死んだんだろう」

亜美は今上って来た長い坂を見下ろした。馬は自分たちの大事な生活の道具だが、無理がたたって心臓や血管の疾患で突然死することもある。さっきまで元気だったのがばったり死ぬ。理由などわからなかったろう。そんな不吉な場所を、馬頭観音に守ってもらう必要がある。

「あれは？」と亜美が道路の反対を指さした。

石垣の上に大きな表忠碑が建っている。この辺りから日清日露戦争へ出征し、亡くなった人たちの慰霊碑だ。

「ふーん」と亜美は興味なさそうに言った。「そんなのばっかりだね」

あらゆるところに人は生きた。人が消えても、石が、言葉がそれを留める。表忠碑の裏には、戦死者の名が所狭しと並んでいることだろう。そういうものがなかったら、私は勇んでそこらをうろうろするかわかったものではない。

後で調べると、先の馬頭観音は一七八三年の建立だった。柳田國男は、諸国の馬頭観音についてこう書いている。

馬の幸福は馬自身が考え出すまで、まだこの世の中には存在はせず、馬の神といっても実は人間の神で、馬が祭らぬ限りはご利益は馬の上には降らぬのだ。そうしてそんな事をすこしも知らぬから、馬は黙々として人に附いて、馬頭様の前を通っている。さもさもわが運命を承認するかのごとく、一歩ごとに合点合点しながらあるいている。

馬頭観音から口数も減ってかなり速いペースで歩く亜美の背中を思い浮かべ、「運命を承認するかのごとく」と引きながら、私は少し複雑な気分だ。本当は運命なんて考えることなく見たものを書き留めたいのに、私の怠惰がそれを許さない。心が動かなければ書き始めることはできない。そのくせ、感動を忍耐しなければ書くことはままならない。

「会えなくてもがっかりするなよ」

観音寺が近づいても、私はそんなことしか言えなかった。前を歩く亜美はしばらく何も答えなかったが、そこで私に追いつかせた。

「がっかりはするに決まってるじゃん」笑って流し目すると、ちょっと見上げるようにして前を向く。「でも我慢する。それで、みどりさんの旅の安全を祈って、また歩く」

私もその目の映している方を見た。ちょうど鎮守の森を一つ回り込み南進する道に入ったところで、小高い林が囲む広い田園の視界が右から左へと開けていく。背の高い杉林に接するまでただまっすぐ続く道のほかは、株すら萎えた枯色の田が、籾殻《もみがら》や粉塵が撒かれたところを白っぽく浮かせながら、小山をつくった遠い木立の際まで胸のすくほどに広がっている。左に取り巻く雑木の立ち上がりは、民家の生け垣や庭木に隠れて見えない。思い思いの剪定《せんてい》の奥、明るみへ伸びる木々の枝葉の手前には、一度だけ響いた声によれば鶏小屋さえ備えた人々の生活があり、その隙間から、様式の揃わない平屋の瓦屋根だけがいくつか覗いていた。

そんな景色の良さに任せてみどりさんに再会できるよう願ったが、運命の承認ばかり繰り返してきた頭には、けれどもなんて言葉が立って、木々を背負った家並みの前に数多くの電柱が電線を張っているのが見えてくる。

三叉《さんさ》の道で田圃に背を向け、小山に通された道を上っていく手前に観音寺はあった。整ったコンクリート階段の両脇にはツバキが花をつけ、シュロやナンテン、ヤツデもにぎやかに植わっている。石灯籠が守る段の上、傾斜の中途を平坦に拓いた狭い境内は、目の前に本堂があって、あとは乾いた手水場《ちょうずば》やいくつかの石碑でもういっぱいである。彫細工は角が立ち、十年ほど前に修繕されたばかりらしい。

杉や竹に囲まれて、人の気配はさらにない。

亜美は念のため本堂を一周すると、気落ちして階段を下りていった。真ん中辺りに腰かけて、さっき来た方を見つめている。

「もう行っちゃった後なのかな」と上にいる私に言ったらしい。「三十分だけ待ってみていい？」

その振舞いに感心しつつそこを離れ、本堂の小窓を覗いた。厨子《ずし》の前に、御前立《おまえだて》の馬乗り馬頭観音がある。馬上趺坐した柔和な顔の聖観音だが、本来の馬頭観音は憤怒相である。修繕の記念碑によれば、本尊は行基の作と伝わっているようだが、行基が憤怒相でない馬頭観音を作り、そのうえ馬に乗せるわけもなく、後の人々が馬の姿を留めたくてそうしたのだろう。それだって、我々にとってはずいぶん前の人だけれど。

三月十三日　10:33 ~ 10:59
本堂脇、竹藪の斜面を背にした日を見ない一帯は土が湿って苔むしている。そこに馬頭観音の石仏が二体ある。左の小さい方は輪郭と膨らみをなんとか保ったのっぺらぼうで、かろうじて馬の細長い顔が認められ、水気の抜ける暇もないのか、苔がびっしり溝を埋めている。右の大きい方は一メートル足らず。野ざらしなのに綺麗なもので、作者の彫り出す手つきまで見てとれる。蓮華座を敷いた馬の上に趺坐している観音は柔和な顔つきで宝冠をかぶり、左手に蓮の蕾を持ち、右手の鉾以外はどう見ても聖観音である。しかし、人々の発願が馬を悼み大事に思う心にあるなら、こんな柔和な顔に作りたくなるのも頷ける。さぞ心をこめて作られたか、石質もよく一時の湿りもじきに乾くようで、水滴の集まる胸から腹の広いところ、光の届かない顔の左側など、ところどころだけ青白い苔の乾きをあしらいつつも、緑濃い藪の前に美しく立っている。

みどりさんが選んだ馬頭観音はきっとこんな姿だと思ったが、こんなことも亜美を慰めるための準備なのかも知れない。石仏について黙々と書いた文の末尾にリフティングの回数がつかないことに寂しさすら感じている私は、どうあれ、出会いと別れにも本当には無頓着な薄情者なのかも知れない。

我々はただ本堂に手を合わせ、亜美がポケットに入れていたメモを見ながら真言を唱えた。

「おん　あみりと　どはんば　うんはった　そわか」

実際、この真言をわかる菩薩ではなかろうが、そんなことはどうでもよかった。みどりさんの無事を祈る気持ちがあれば。

　亜美は意外にさっぱりした顔で階段を下った。田園まで戻り、来た道ではなく田を突っ切る道を行って小見川《おみがわ》駅の方に向かえば、予定していた利根川沿いのルートへ戻れる。そこで利根川と常陸利根川を渡ったら、もう茨城県だ。

　そんな説明も亜美は聞いていなかった。もう反対側の木立の前の民家まで来ていたが、振り返って春に備える田の先へ目を向けている。見れば、ちょうど田園に視界の開けた辺り、我々も通ったその一本道を人が一人歩いていた。夏だったら青い稲に隠されてきっと見えないほど、小さい赤い点になって。

　亜美は走り出した。長い旅のせいでたどたどしい足取りが鳴らすリュックの音が遠ざかっていくのを私は聞いていた。角を曲がって、こちらに少し膨らんだ林の前を駆けていく亜美には、顔を上げる素振りもなく歩いているみどりさんの姿は見えなくなったろう。林を回って、今度は私から亜美の姿が消える。やがて、抜けるような青空に、みどりさんを呼ぶ声が遠く高く響いた。

　顔を上げて一本道の前を見据えて立ち尽くすみどりさんと、その視線の先の林から走り出た亜美の再会に、それ以上、私の足せる会話はない。紺色のベンチコートをなびかせた勢いそのままに抱きついた亜美はほとんど、みどりさんの臙脂色のナイロンジャケットに隠れて、それらが擦れ合う音すら私には聞こえないけれど、シジュウカラがさえずる音はもっと遠くからなのに耳に届いた。少し離れて立った二人ともの顔に、何度も手がやられるのが見える。いつまでもそれを繰り返しているのはみどりさんの方だが、何度謝ったところで、亜美の方ではここまで歩き、待ち、走り、名を呼んだことが全てだ。

再会を二人に任せて、遠くから描写するに留めた私は、二人が何度かこちらを向くのを確認して、ようやくそちらに向かって歩き出した。

三叉路で落ち合った二人の目は赤く濡れていた。私に気付いて深々と頭を下げたみどりさんに、ここに来る前どこに行ってたのか訊くと、香取《かとり》神宮にも行ってきたのだと言う。

「みどりさんも馬頭観音にお参りしないと」亜美は観音寺への道を指して言った。

「それでここまで来たんでしょ」

「本当に、よくわかったね」とみどりさんは涙声で言った。「私がここに来ようと思ってるって」

みどりさんの濡れた頬はもう涙のための綺麗な道をつくらなかった。亜美は口を結んで私に目をやる。そこに気まずそうに隠れている微笑みを返して、我々をまた引き合わせた馬頭観音へ向かう。竹が葉を鳴らしている。本堂へお参りした後、私は本堂横の馬頭観音を二人に教えた。三人並んで拝み、みどりさんは自分の手のひらを見ながら、亜美はそれを覗き込みながら真言を唱えた。

「おん　あみりと　どはんば　うんはった　そわか」

馬頭観音が動物救済から旅行安全まで兼ねるようになった経緯などわかるものではないが、一度願いが立ち残れば、誰かが旅の道中にこうして拝むたび思い出すたびに募っていくということになる。それもまた消える運命にあるにしても、この馬頭観音のことは、我々が死ぬまではひとまず残る。それを喜ぶべきなのだろう。

丘の間を流れるような春田の細い連なりは、下っていくと林を振り切り、見渡す限りに大きく広がる。地平線に薄く重なる街の先には、利根川が左から右へ流れている。そこへ向かう長く景色の変わらない道を、時々、軽自動車に追い越されながら歩いた。亜美はボールを転がしている。

「昨日の夜、就職する会社から連絡が来て」みどりさんはつぶやくように言った。「内定を辞退しませんかって」

文面を見せてもらうと、コロナ禍による業績の悪化から内定辞退の希望者を募るというものだった。

「変なの！」と亜美は遠慮なく大声を出した。「でも、無視して辞退しなかったら会社に入れるってことでしょ。それで大丈夫だよ」

「そうなんだけど」とみどりさんは口ごもった。

「そうなんだけど？」

「そう思えなくて」とみどりさんは声を落とした。「辞退するべきなんじゃないかってうじうじ悩んじゃって、私だけに送られてるんじゃないかとか思っちゃうし。それで、二人の前でこんなことで悩んでたら迷惑だと思ったの」

「みどりさん、その会社で働きたくないの？」

「わかんない。私は何かをしたいって思ってこなかったから」そして少し間を置いて「私には、何にもないから」と申し訳なさそうに言った。「二人とちがって」

会話が途切れたところで「馬頭観音にお参りしたから大丈夫」だと私は励ました。馬頭観音は、もともと無智や煩悩を払い、畜生道から救う菩薩である。無智って何と亜美が訊くので「この世で起こることをありのままに見ることができない状態」だと説明する。

「ありのままってアナ雪みたいなこと？」

言ったそばからその主題歌を口ずさみながらリフティングを始める。元来が気楽に生まれついた我々は、先の先まで見通せるだだっ広いところを、さっきと違って三人で歩いているだけで、どうにも深刻さを欠いてきてしまうようだった。とはいえ、みどりさんは当然まだ色々なことを気にして歩いているのはわかる。亜美がそれを気にかけているのも。

小見川のコンビニで昼食を買い、利根川へ出て小見川大橋を渡る。さらにもう一つ、霞ケ浦の一部でもある常陸利根川にかかる息栖《いきす》大橋も渡って茨城県に入った。その間に、時刻は一時を回った。

常陸利根川は霞ケ浦や北浦の吐き出しの川だ。海が近いためだろう、対岸からの風が吹きやむことなく川面に白波を立てている。水の流れを道にして、カワウが上流へ飛んでいく。

亜美がそれを指さして止まったところで、堤防の裏小段に腰かけて昼ごはんにし、これからの旅程について相談した。目的の鹿島に行くなら北上すればいいが、このまま堤防を行けばボールを蹴りながら歩ける。みどりさんと私はその先、鹿島臨海工業地帯の大きなY字型の掘り込み港の鼻先にあるホテルの予約を取ることにした。

チェックインは何時にしようかと相談している時、亜美がみどりさんにおにぎりを差し出した。

「ありがとう」受け取ってすぐみどりさんは「海苔」と笑った。「できてない」

「それ、上手くいった方だよ」

亜美はもっとぼろぼろのおにぎりを食べている。二人は次の一個ずつを教え合いながら剝がしたが、亜美はやっぱり上手くいかず、文句を言う。

「次はそのまま食べられるやつにする?」

亜美は少し考えた後、「ううん」と首を振った。「途中でやめたら意味ないもん」そして、みどりさんが黙ることになる間も与えずに続けた。「みどりさんだって、旅は続けるつもりだったでしょ？」

「そうだけど」

「だから、ずっと途中でもいいけど、がんばってみるよ」

出発しようと立ち上がると、なお風は強い。低い堤防の細い天端の道、ボールがさらわれるのに苦労しながらも練習だと喜んだ亜美は、流されて転がるボールを右のアウトサイドにぴたりと添わせ、離れないよう前へ運んだりした。

時折、岸辺に立って糸を垂らしている釣り人が物珍しそうにこちらを振り返るのを見ながら、我々は顔と身体の右に風を受けて、どんどん常陸利根川を下って行った。

気付けば立ち止まった亜美との距離が離れていたのも、周囲の音をはがして過ぎる風のせいだ。振り返った時は、二十メートルも後ろの膨らんだベンチコートの中、どこか虚ろに突っ立っていた。

見下ろしている視線の先は、結果的にこの旅で最も思い出深い場所になってしまった、小さな青い排水門の脇を固めるコンクリートの土手だ。

そこに黒い塊――無機物ではない膨らみに尖った嘴と黄色が目に入った瞬間、私の胸は強く締め付けられた。亜美は黙ってボールを拾うとゆっくり下りていった。私はみどりさんと顔を見合わせ、小走りで寄って行った。

膝に手をついてのぞきこんでいる亜美の後ろに私は立った。亜美の足下にあるカワウの死骸に、モレリアの黒い足先が向いていた。

もちろん、そこに座り込んで書くことなんて思いもよらない。しかし、状況というのは刻一刻と変わるものだ。川の流れのように季節は巡り、今いる者はもういない。私は二ヵ月以上経った後でまたこの場所を訪れ、あの時三人で立っていた場所に今度は一人で座り、忘れ難いその時のことを必死に思い出しながら書いた。

五月二十六日　14:09～14:54

息栖大橋から西へ四キロほど来ると、軽野港という船の係留地がある。その手前の取水門、何となく明るい青のペンキで塗られた螺旋階段のわき、コンクリートで護られた堤防を下りて座る。釣り人が捨て置いた魚が腐臭を漂わせるこんなところでわざわざ書こうというのは、今年の三月十三日に、ここでカワウが死んでいたのを見たからだ。カワウはコンクリートの低い凹凸の隙間に寝そべるように体を置き、首を真横に伏せて死んでいた。ハエもたかっていない死体にはこれといった傷も見当たらず、病気だったのか、運悪く釣り針にでもかかって弱るか溺れるかして引き上げられたか。立派な水かきはたくましい趾先の間に収まり、尾羽は均等に並んだ白い羽軸を黒い弁がびっしり埋めて大魚のヒレのようだ。鉤型の上嘴を辿った先、虹彩は明るい緑のまま、薄目の間に光を返していた。土の上でもなし、これを供養と慰められるような明るい花も期待できないが、コンクリートの隙間にヘラオオバコがひょろひょろ育ち、ちょうどカワウの枕のあった辺りに見栄えのしない花を垂らしている。それはもう跡形もない、数多の魚を捕らえて飲み下した頭や頸に似ていないこともあるまい。あの日と同じようにいつまでも強い風が川面を白く波立たせ、対岸には此岸と似た低い土手と、奥には小高い森が見える。木立が途切れて空の下りたところにだけ送電線が目に映る。水面すれすれを滑りかつ翻りながら何羽も川を渡ったツバメが宙へ駆け上がる。西方の空は地平から天まですっかり雲が覆っていて、南の青空との境は不思議なほどにまっすぐだ。雲の低いところは立派な形をとって陰影を際立たせて連なり、高いところは霞んで空一帯に薄く貼りついたように広がり、大きな太陽に今にも幕を引こうとするようだ。上空を旋回しているトンビも届かない高い高い雲の陰にかくされたものをじっと眺めても、湿った生温い風に運ばれてきた魚の腐臭が、私を地べたに引き戻してしまう。それは、この開かれたページのすぐ後ろにある旅の風景を未だに振り返ることができないのによく似ている。あの旅について書かなければと私は思う。

どんなものでも死はありふれたものと知りながら、それがもたらすものを我々は計りかねている。それでも何か失われたように感じるのは、生きることが何事かもたらすという思い上がりの裏返しだろうか。たかだか一羽のカワウが死んで、たまたまそれを目にした少女が受けるショックなど高が知れている。それを見る小説家の叔父や、旅先で知り合った進路に悩む若い女性の気持ちも、大したものではない。

しかし、これら記憶がいくつかの場所に、文がこびりつくようにしばらく残留するのであれば、ちっぽけながらもこうして紙碑を建てている私だけの幸福ではあるまい。何の拍子かこの灰色文献が、ここを歩き慣れる誰かの思い出を先々で呼び起こし、もっと単純にかつてあった植生や鳥の生態の参考になるかも知れない。その時、ほんのついでにカワウを慮って土手を下った少女の影が形を取るなら、私はどんなに嬉しいかわからない。その影を残すことが、私にとっては鮮やかな記憶を文字で黒々と塗りつぶすことだとしても、死が我々に忘れさせるものを前に手をこまねいているわけにはいかないのだ。書き続けることで、かくされたものへの意識を絶やさない自分を、この世のささやかな光源として立たせておく。そのための忍耐と記憶——私はみどりさんの言っていたことが気になって、ジーコの自伝にその言葉をさがした。

「人生には絶対に忘れてはならない二つの大切な言葉がある。それは忍耐と記憶という言葉だ。忍耐という言葉を忘れない記憶が必要だということさ」

川を北に剥がれて神栖の町は、小見川の町外れと同じ黒々濡れた田が広がり、点々と交じる畑の畝《うね》には緑の苗が植わったものもある。その地平線にいくつもの煙突が白い煙を吐き出している風景は、一九六〇年代の開発が作り出したものだ。鹿島港の完成に合わせて金属や石油化学の工場が進出した。中でも、港の北側の鹿島町に東京ドーム二百二十個分という敷地を有する旧住友金属工業鹿島製鉄所は、陸の孤島と揶揄されたこともあるこの地を企業城下町として一変させた。我々が渡って来た小見川大橋も、小見川にあった住友金属団地からの通勤者を考慮して架けられたもので、開通前の従業員は渡し船で通勤したという。

「住友金属のサッカー部が、今の鹿島アントラーズになったの」とみどりさんは亜美に説明した。

「会社に部活があるの?」

「そう、そこにジーコが来た」

観光資源といえば駅前に鹿島神宮があるぐらいの工業都市には、若者をとどめる地力も知名度もない。そこへ、一九九三年のプロサッカーリーグ設立を見据えたサッカーでの町おこしというプランが持ち上がった。田舎町の二部所属チームのこと、初年度のJリーグ参入は九九・九パーセント無理と通告されたが、残り〇・一パーセントの可能性であり最後通牒として出された屋根付きのサッカー専用スタジアムという条件を実現させ、一九九一年二月、最後の十チーム目としてJリーグ入りを果たした。

一九九一年のジーコは、ブラジルで現役を引退し、一年務めた国のスポーツ庁長官を辞任したところだった。プロサッカークラブの創成とサッカーによる町づくりという鹿島のプランに感銘を受け、この仕事に全力を注ぐことを約束した。

ジーコは自分の子供たちにはきちんと教育を受けさせたいと、当時、東京と横浜にしかなかったインターナショナルスクールに近い世田谷に居を構えた。初めは電車と高速バスで往復五時間の道を一年ほど通った。信じ難いが、ブラジルではあり得ないこの一人の時間を心から楽しんでいたという。やがて車移動になり、千葉に住んでいた通訳を拾ってから鹿島へ通うようになった。

Jリーグ開幕直前、ジーコは自分が事実上の監督として振舞うことを提案し、チームや監督からも受け入れられる。大きな責任を背負い、開幕戦でハットトリックを決めたあと、ケガで戦列を離れてしまうが、確実に強くなっていたチームは思いも寄らぬ快進撃を続けた。ガンバ大阪に逆転勝ちして優勝を大きく引き寄せた試合後、ジーコはミーティングで選手たちに「アナタたちはいま、鹿島に大きな功績を残しつつある。今、日本で鹿島を知らない人間はいないだろう。アナタたちが努力し、頑張っている結果なんだ」と語った。「これはアナタたちの誇りだぞ。これは偉大ですばらしいことだ。このことは今後のアナタたちの人生の誇りにもなるし、人生の糧になるはずだ」

我々はホテルのテレビでその偉大な選手の往年のプレーをいくつも見た。呆れるほどに上手く、次々とゴールを陥れるところに亜美が口を出し、みどりさんが本で読んだというエピソードが差し込まれた。

ジーコはテクニックで相手を翻弄する悦びを捨てて「自分は点を取ることで生きる」と決めて単純な練習に明け暮れた。そのために利き足とは逆の左足だけで何時間も壁にボールを蹴る練習をプロ入り後も続けていた。看板やカメラマンの見え方でピッチのどこにいるかを把握できるようにしていた。勝負にこだわりスタッフとの遊びでも本気で怒って後で反省した。プロなら二十四時間態勢で自分の生きざまを仕事に合わせなければならないと説いた。ソファに座って話すみどりさんの声はいつしか元気を失って、鼻をすする音が混じり、動画に付された勇壮な音楽が響くだけになった。ジーコは右足で左足でひたすらゴールを決め続けている。時折、波打つような大勢の観客が映る。亜美と私はそれぞれのベッドに座って、何も言わないでそれを見ていた。

「私もこんな風に生きられたらよかった」という急な声はいくぶん落ち着いていた。

「誰かを応援するだけじゃなくて、誰かが応援せずにいられないような、そんなかっこいい生き方ができたら、もう少し自分を好きになれたかもしれない」

亜美はストレッチをしていたが、ちょうど体を折って足首をつかんでいるところで、そこからしばらく顔を上げなかった。

「二人に会ってすごく楽しい時間を過ごせた。私、あんまり友達もいなかったから、こんなに楽しかったの本当に生まれて初めてで、私にもこんなことあるんだって感動して。でも、会社からメールがきたら、また元に戻っちゃった」

「あんなメール――」

「わかってる」遮る声は決然と、痛みを伴ってよく響いた。「でも、そう思っちゃうの。そう思わないために必要なこと、何にもしてこなかったから。反対に、二人は自分のすべきことがわかってそれに向かって努力してる凄い人たちで、楽しい時間を過ごせば過ごすほど、私がいない方がいいって考えるのが止められなくなって、怖くなって、気付いたら逃げ出してた」

亜美はもうストレッチをやめて話に聞き入っているが、その口は、いつでも声をかけてあげようという気概に満ちて尖っていた。

「でも」みどりさんは言いにくそうに顔を伏せて続けた。「一人で歩きながら、ごめん、ごめんって思いながら、実は、ちょっとだけうれしかったの」

「どうして？」

「今まで私、自分から逃げ出したことすらなかったんだって気付いたの。家でも学校でも、嫌なことは我慢してやり過ごすばっかりだったって。逃げるなんて最低だけど、今までそんな大胆なこと考えもしなかったから、一人で歩いてる自分にドキドキしてた。すごく勝手だけど、二人のおかげで少し変われたのかも知れないとか思って」

ジーコは、最も重要だというインサイドキックでキーパーとの一対一を制し、マラカナンスタジアムの大観衆に向かい、前かがみで手を広げて走って行く。

「でも、亜美ちゃんが道の向こうから走ってきた時」とそこで声が詰まった。「すごくすごくうれしかったけど、わかっちゃったんだ。私が今まで逃げもしないで黙ってたのは、私がいなくなっても、私のことなんか誰も、追いかけて来て」と苦しそうな涙声は「くれないって」で大きく上ずった。「思ってたからだって」

しばらくの間、なんだか遠く聞こえる歓声と、みどりさんが涙を遠ざけようとする音だけが響いた。亜美は抱えていた膝を静かに解いてあぐらをかいた。

「私が二人から逃げられたのも、二人なら来てくれるってどこかで期待してたからだって。私、二人みたいに優しくしてくれる人だけを選んで裏切るような、最低の人間になってた」みどりさんは自分の部屋から持って来ていたタオルを目に押し当てた。「せっかく二人と知り合えたのに、私は何も変わらない。今だって、せっかく二人が追いかけて来てくれたのに、二人と一緒にいるのがちょっとつらくて」

ジーコの映像は、住友金属時代のものに変わっていた。さっきまで十万人を超える観客の前でプレーしていた男は、ピッチのすぐ横に固めた土手に人がまばらに座っている芝の剝げたグラウンドをドリブルし、すぐ後ろにラグビーゴールのそびえ立つサッカーゴールへ、相も変わらずフリーキックを蹴り込んでいる。

「私には、一緒にいる価値なんてないから」

「そんなこと言っちゃダメだよ」

亜美は静かに低い声で言うと、あぐらを解いてベッドの縁から足を下ろした。

「だいたい、追いかけて来るのを期待するなら、もっとちゃんと伝えなきゃダメじゃん。馬頭観音のお寺に行くなんて一言も言わなかったし、真言もやっと思い出したんだよ。みどりさんならあたしたちのことを思ってお参りするって思ったから——あたしたち、同じこと考えてたから、また会えたんだよ」

亜美はゆっくり立ち上がってそばに寄ると、俯《うつむ》いたまま泣いているみどりさんを抱きしめた。みどりさんがちょっと目を見開いて口を結ぶのが見えた。

「あたし」震えを払うような力強い声がそこへ響く。「みどりさんのこと、大好きだよ。みどりさんが自分を嫌いになっても、あたしは大好きだよ」

みどりさんは、亜美の腕の中で喘ぐように上を向いた。軽く開いた口が息を漏らしながら、涙が止めどなくこぼれる。その顔は、亜美の頭と肩や腕にすがるように、涙で濡れた目元まで埋もれていった。

ジーコはペナルティエリア手前、左サイドからのショートパスをスルーしてディフェンスの背後に飛び出し、自分の背中を追いかけてくるように出された浮き球に対して、頭を前にして飛び、体を反らせて踵を合わせた。体の後ろから角度を変えて放たれたボールは前に出ていたキーパーの頭を越えて、ゴールに吸い込まれる。それは、ジーコ自身が生涯で一番美しいと認めるゴールだ。

その日、二人はみどりさんの部屋のベッドで一緒に寝た。

翌日、みどりさんがこっそり私に教えてくれたところによれば、背を向けた亜美は「みどりさん、あたしね」と切り出した後で「サッカーと出会ってなかったら、今、何してたんだろうって、この旅でいっぱい考えたんだ」と言ったそうだ。「もしかしたらもっと勉強できてたかもしれないとか、小さい頃みたいにたくさん絵を描いてたかもとか。ジーコだって、サッカーと出会ってなかったらやせっぽちのままだったんでしょ。日記にもそのこと書いたんだ。そんなに辛かったのにやり通せたのは何でなんだろうって。でも、自分の生きざまを仕事に合わせなければならないってジーコは言ったって、さっき教えてくれたでしょ。それで、なんか、ちょっとわかった気がするんだ」どれくらいかはわからないけれど、亜美はとても長い間、思い出すように考えるように、黙っていたという。「あたし、カワウがサッカーに関係あるなんて思ってなかったし、てゆーかそもそもカワウのことなんて知らなかったけど、全然関係ないことなかったんだよ。あたしが本当にずっとサッカーについて考えてたら、カワウも何も、この世の全部がサッカーに関係があるようになっちゃう。この旅のおかげでそれがわかったの。まだサッカーは仕事じゃないけどさ、本当に大切なことを見つけて、それに自分を合わせて生きるのって、すっごく楽しい。ジーコもそうだったんじゃないかな。そう思ったら、サッカーと出会ってなかったらって不思議に思えてきたの」そこで「じゃあさ」と急に声を弾ませて、亜美は布団の中で寝返りを打ち、みどりさんをじっと見たという。「みどりさんがそう思って、不思議になるものって、なに？」

＊

今日で旅は最後になるだろう。そう話しながらホテルを出ると、早朝に強い雨の降ったらしい町の、昨日よりも寒い空気が肌を刺した。我々とみどりさんでは目的地も違うから、どこかで別れることになる。ためらうような亜美の足取りを見ていると、その予定を立てる気にはならなかった。

Y字型の掘り込み港を避ける国道一二四号線を歩き、神栖市から鹿嶋市へ向かう。右手の神之池《ごうのいけ》は、鹿島開発の際に七分の一の大きさになった細長い池で、憩いの場として整備されている。

亜美のために池沿いの散歩コースを歩くことにしたが、池にいる水鳥たちに誘われた私も久しぶりに書くことにして、亜美の真言を遠くに聞いた。

「のうまくさんまんだ　ばざらだん　せんだ　まかろしやだ　さはたや　うんたらたかんまん」

三月十四日　7:38～7:53
池の東の端のほとり。低木がいくつも植えられ、池を一周する舗装路から身を隠せるところで書いている。特に私を匿ってくれているのは葉のごわごわしたトベラの二人組だ。大きな池には水鳥たちが、人を避けた真ん中辺りに種類を問わず群れなしている。マガモやコガモのオスが頭に差した緑がやっとわかるほどの遠さだ。シジュウカラがツピツピと一向やまないさえずりを響かせている。大きなボラが白い腹をこちらに見せて跳ねた。水面から一メートルも上がった宙に踊り、横倒しになって派手な水音を立てて落ちる。岸辺の木々を映した抹茶色の池に白い飛沫が上がる。驚いたか、手前を悠々泳いでいたミドリガメが水に隠れた。ハクセキレイが、小さな柵の向こうの岸辺の際を歩いてきた。はたと止まり、尾羽を上下させてまた歩く。気付いているかいないのか、すぐ上にいる私の目の前を、そのまま歩いて通り過ぎた。

192

新記録だろうがもう淡々と告げるだけになって、私もそれをただ記入し、また歩く。

神之池の裏を抜けると、貨物利用されている鹿島臨海鉄道と工場用地を町から隔てるような長い緑地の端が、道路の反対側に現れる。南北二キロにわたって常緑の木々をくぐる緑道が整備された和田山緑地だ。ほとんど人のいない長い道は平坦で、十分な広さがあった。その道を、リフティングして行くと亜美は言った。

「何回落としていい？」アキレス腱を伸ばして顔を歪めながら私を見上げる。「一回に百メートル進むとしたら、二十回落とすだけでいけるね」

「その計算だと十九回だけどな」

「何算だっけ、それ」亜美は特に気にもせずに言った。「苦手なやつだな」

「植木算」

「十九回でいけたらスパイク買ってよ。おんなじモレリアの」

「スパイクなんか買ってやるよ」と私は言った。「そんなことのためじゃなく、二十回以内でがんばれ」

亜美は結んだ口を笑みに引き伸ばして私を見た。「やったろうじゃん」

「亜美ちゃん、荷物持ってあげる」みどりさんがリュックに手をかける。肩から落とされたのを抱え、同じようにベンチコートも回収する。

ボールを軽やかにすくい上げ、シイやヤマモモが枝を差しかける道、濡れていない木陰を選んで少しずつ前進していく。私は手賀川で同じことに苦戦して、遠くまで走って行った亜美の姿を思い出していた。

百メートル以上は進んだかという時、大きな物音が響き、ヤマモモの生い茂った梢からどっと雫が落ちた。ぎゃーとか何とか言うかと思ったが、黙ってそれを全部浴びた亜美は体を縮こまらせた。ボールは落ちてゆっくり転がる。亜美は我々を振り返った。

「なに、どうなった？」

右手の木々の奥には貨物車両の停車場がある。その一両の扉が勢いよく閉められて、その衝撃が束生した葉にたまった水を振るい落としたのだ。ということを説明する私の横で、みどりさんはなんとか笑いをこらえていたが、今のは無しだと抗議する亜美の頭頂の分け目に綺麗な雫が群れをなしているのに気づいて我慢できなくなり、火がついたように笑い出した。離れた芝生の上にいたカラスが慌てて飛んで行った。

「笑いすぎだよ、みどりさん」

さっきから二回ぐらい、道の先で同じことが起こっていたから、顔を上げて周りが見えていれば予測して防げたかもしれない。酷なことを言うと、亜美は不服そうにしながら何度かうなずくに留めた。

「プロになったら看板もカメラマンも見るんだもんね」

それから何となく目の色が変わった。まだ低いゲッケイジュにボールを突っ込ませた以外は順調に進んで、結局十七回しか落とさなかった。大喜びで緑地を出れば、木材会社の敷地に目いっぱい積み上がった木材が、朝に含んだ雨を陽光に飛ばし、一帯にほの甘い香りを漂わせている。

亜美はそれを胸いっぱいに吸いこんで「プロになれるかな」と言った。

「なれるよ。亜美ちゃんなら」

しばらく歩いて国道一二四号線に入ると、大きなロードサイド店舗が目立つようになった。半分以上埋まった駐車場を車が出入りする。

「けっこう都会じゃん」亜美は左右を見回し、ドラッグストアを指さして私を見た。

「トイレットペーパー見つけたら買って帰るんだった」

「あ、買い占めでなくなっちゃったの？」

「うち、あとちょっとしかなくてヤバいんだよ。あ、スタバもある」

「亜美ちゃん、スタバとか行くの？」

「ううん、行ったことない」

「私も」

もちろん、都心からすれば何ということはない栄えぶりで、一本通りを外れれば、田圃が並び、自然遊歩道があるようなところだ。中央分離帯には鹿島アントラーズのホームタウンであることを誇る看板が立ち、ほとんどの店のガラス窓には今シーズンの開幕を告げるポスターが貼られている。みどりさんのリュックにぶら下げられたキーホルダーも、ここではいっそう誇らしげに揺れた。

みどりさんによれば、このあたりはジーコもたくさん車で通っただろうということだ。鹿島の町の三十年近くを、ジーコは途切れ途切れながらも見てきた。交通アクセスが良くなり、公共施設が整備され、大きなショッピングセンターもできた。

「来日して何年か経って通訳の人と車に乗っていた時、鹿島の町も変わったなって言ったんですって」みどりさんはカシマスタジアムへ続く道を見通した。「アントラーズでがんばった甲斐があるよなって」

そのショッピングセンターの一階に設けられた広いスペースは、鹿嶋市の名誉市民でもあるジーコの功績を称えるため、ジーコ広場と名付けられている。ジーコの銅像や巨大なサイン、手形足形、何でも飾ってあり、ベンチには老人が何人も休んでいた。

等身大の銅像は腰に手を当てボールに足を置き、前を見据えている。

スタジアムばかりか町のショッピングセンターに銅像が立つようなサッカー選手はほとんどいない。この町に、そのチームに、サッカーという文化をほとんど一から根付かせ、ワールドカップに出たこともない国に誕生したプロリーグと共に「KASHIMA」の名を、日本に、世界に知らしめる。ジーコの他には誰もそんなことはできなかった。

「決めた」長らくジーコ像を見つめていたみどりさんが突然言った。そして、そのままジーコに宣言するように続けた。「私、内定辞退します」

呆気にとられる我々を認めたみどりさんの顔はなんだか晴れやかで、「昨日言ったでしょ?」とたしなめるように続けた。「会社からメールが来た話」

「いや、わかってるけど」「それで」と我々は台詞を分け合った。「どうするのさ」

「この町に引っ越して仕事をさがす」

「この町」と言った亜美の顔は広場の明るさをみるみる吸って輝き出し、ついに大きな声を発した。「鹿島に⁉」

「鹿島に」みどりさんも相好を崩さず言い放った。「ここで暮らす」

「やった――！」

点でも決めたかのように抱き合って跳ねる二人を、老人たちがその人となりに合わせて不思議そうに怪訝そうに見つめるどさくさで、私も控えめな拍手を送った。

「でも」亜美はふいに顔を上げた。「ほんとにいいの？」

「私ね」みどりさんはジーコを振り仰いだ。「この人のこと知らなかったら、旅にも出てなかったし、二人にも会えなかった。それってすごく不思議なことでしょう」

亜美は強くうなずいた。

「大切なことに生きるのを合わせてみるよ、私も」

引っ越しなんかの費用は、大学時代に使うあてもなく貯めたアルバイト代で十分だという。それから、みどりさんは近い将来に住むことになる町のショッピングセンターの中、ジーコの前で、内定辞退のメールをしたためた。

「お父さんに言うのだけ、ちょっと勇気がいるな」文面を見つめたまま、みどりさんはつぶやいた。「驚くし、怒るだろうな」

「きっとわかってくれるよ。ていうか、みどりさんの人生じゃん」

「そうだね」みどりさんは頷いて「一人でやってみる」と言って亜美の手を取った。

「応援してね」

亜美はそれを両手で包み、「当たり前じゃん！」と言った。

目的地からすれば、ここで別れて、みどりさんはそのまま北へ、我々は東の鹿島灘へ向かうのが筋だったろうが、いかにも別れ難かった。フードコートで昼食をとりながら、三人で北へ向かい鹿島神宮へお参りしようと決めた。鹿島立ちという言葉もあるからちょうどいい。防人や武士が遠くへ旅立つ時に鹿島神宮で武運を祈願したことで、後に旅立ちを意味するようになった言葉だ。

「それだと、旅の終わりが始まりになっちゃうじゃん」

「わ」みどりさんは思わずといった感じで声を上げた。「ステキじゃない」

「確かに」

即座に前言撤回する亜美に、みどりさんは何の心配もないような顔で笑うのだった。

行く先には、鹿島神宮の大きな鎮守の森が建物の連なる奥に盛り上がっている。もう自然には植生を変えていかない高木並ぶ極相林の鬱蒼とした空気のすぐ外で、鹿島の地は人の暮らしの形に合わせて変貌していった。自治体のてこ入れ、企業の参入、地球の裏側からやって来たブラジル人に緩急を付けられた変化を経て、今の姿に落ち着いている。建ち並んだ超高層ビルに、低木や下草のような商業施設を設えたのが社会の示す街の極相であれば、大通りをちょっと外れれば田圃に生垣、木々茂る空地のこの町は、この国の多くの地域と同じく随分な途上にある。

「風景は果して人間の力をもって、これを美しくすることができるものであろうかどうか」と柳田國男は問うている。私も誰も答えることなどできないが、町の遠くに屋根より高く鎮守の森が梢を張っている限りは、生活の便利を優先した我々の頑張りだって、それほど捨てたものではないように思う。

新たに生まれんとするものを待ち望む力を与えられぬ限り、名所古蹟がまだしばらくは、我々を誘導するのも是非がない。国土開発の悠揚たる足取りに比べると、人の生涯のごときはあまりにもはしたである。一代の長さに完成し得ないからとて、何の寂寞なことがあろう。山川草木の清く明らかなるものは、太古以来ことごとく皆、我々の味方ではなかったか。人を幸福ならしめずに終るはずがない。学問芸術もまたまたかくのごとし。ただ大事なのは発願である。

我々の発願は、それをもたらしたものは、そこから続く日々の行いとは何か。

旅の内にわかろうとするにはあまりに多くのことがありすぎて戸惑ってしまうけれど、日々の雑事にかまけているよりは、見慣れない景色に頭が澄んでくる気もする。発願なしには信心も練習も開発も始まらないが、度重なる行いの中に願いは少しずつ溶けていく。馬頭観音があちこちに建って苔生せば、目指した通りに頭が手が足が動けば、堤が川を高く挟んで船舶が掘り込まれた土地深くまで導かれれば、願いは霞んで見えなくなる。しかし、こうした透明な成就が、そんなことを知る由もない人々の営みが、不思議と当人たちを慰めてくれることもある。アントラーズが二試合を残して初めてのステージ優勝をした祝勝会でのこと、周囲が大いに盛り上がる中、その輪から離れて感慨にふけっていた住友金属時代を知る数少ない古株スタッフ三人を見つけたジーコは、手招きして自分の下に呼びつけた。そして、他の誰にも聞こえない小さな声で「スミトモキンゾク、カンパーイ」と言い、その日ただの一本しか飲まなかった缶ビールを掲げたという。

我々は市役所通りを進んで森の西へ回り、大鳥居に出た。参拝客はほとんど見当たらない。鳥居をくぐらず、いくつかの店が並ぶ参道を観光しようと逆方向に少し歩いた。

休憩所の壁には、鹿島神宮神職の卜部《うらべ》吉川《よしかわ》家に生まれ、戦国時代に剣聖と謳われた塚原卜伝《ぼくでん》が紹介されている。十六歳からの武者修行の旅以来一度も負傷したことがないという彼は、やがて「剣は人を殺める道具にあらず、人を活かす道なり」という思想に基づいた剣術を伝えた。

みどりさんにのせられて、そこにあった塚原卜伝とその妹である真尋の顔はめパネルで、亜美と一緒に写真を撮ることになった。

「あたしが塚原卜伝ね」亜美は下に用意された逆さのビールケースを足で寄せた。

「なんでもいいけど」とこぼしながらパネルの穴越しに見たみどりさんは楽しそうに笑っている。「二人もこれで撮れよ」

「こんな変なのでは撮らない」もう顔をはめた亜美の声がパネルの向こうから聞こえる。「ちゃんと撮ってよ」

亜美は私の肩に手を置いた。親しみからというよりもサッカー選手が試合前にする写真撮影のようで、私は中腰になっていたからなおさらだった。細い肩に手を置き返して前を向いた我々の様子は、パネルに隠れてみどりさんには見えないし、写真にも写っていない。横から誰かが見てくれていたら、その人がどこかで生きていることは私の大きな慰めになったと思うが、人は誰もいなかった。

二人は大鳥居の前で並んで写真を撮った。亜美は手に持ったり足裏で押さえたり、ボールの位置を何度も変えて撮り直させた。

「下手な写真じゃ台無しだからいっぱい撮っといてよ。最後なんだから」

「この旅ではね」

すかさず付け加えたみどりさんの顔を仰ぎかけた亜美の視線はこちらにすぐに戻ってきた。嬉しそうな笑みはそのまま残って、無事に写真にも収まった。そういえば、我々はこの時しか写真を撮らなかった。

誰もいない拝殿に参拝し、御神籤《おみくじ》を引いた。

「吉。巣立ちの鳥の飛習えるが如し」亜美は上下にぴんと張ったのをたどたどしい大声で読んだ。

「この旅にぴったりね」

「是から事業の出来る様になったのである。但し初めの程は一生涯の禍を招くやも知れないから気を附けねばならない」ふりがなに頼んでなんとか続きを読む。「願い事、後になって叶う！」

「初めに気をつけて長くがんばれってことだな」

「だなー」ともう畳み始めるが、折り目を無視するから二度と同じように畳めない。それをごまかしながら「みどりさんは？」と訊いた。

「大吉」と示したもので口元を隠し、喜んでいる亜美に向かって読んだ。「御手洗《みたらし》に身を清むるが如し。常に邪心を持たない為に人に嫌はれる事なく万事都合よく進むのである」

「みどりさんって感じ」と感心している。「あっ、あれは？　旅立ちってとこあったでしょ」

「宜し」

盛り上がりの一方で凶を引いた私を笑いながら鬱蒼と湿った鎮守の森を東に進み、

鹿園で鹿を見るうちに亜美の口数は少なくなってきた。エサを買うかと訊いても、無理に笑って首を振るだけだった。

奥宮の前の分かれ道で我々は立ち止まった。古色蒼然とこちらを見下ろす社殿は、青黒い瓦のほかは木色のままに、屋根や何かは苔むして枯れ葉さえかぶっている。道を分かつのは、自分も低いところで二叉になったシイノキだ。道を分ける土手の突端に陣取り、片足を突っ張ったような根張りが剝き出しになっているが、太々神楽《だいだいかぐら》奏上の碑とまつわる句碑がそれを隠している。

右の道は奥宮の脇を抜けてまた鹿島灘の方、歩いてきた国道一二四号線に戻る。左の道は下り坂、御神籤にあった御手洗池を過ぎてカシマサッカースタジアム方面だ。

「ここでお別れだね」

差し出された手に応えず、亜美はそれをじっと見ていた。

「一旦ね」と付け加えてみどりさんは微笑む。

鹿島アントラーズの臙脂色のTシャツを着た女の子が、母親と手を繫いで、左の坂道を下っていった。グレーのスコートにしっかり裾をしまい込み、背中の12というサポーター番号は上半分しか見えていない。木漏れ日を受けて白いロゴが輝いた。

この町では何ら珍しいことではないのに、私が目を奪われている間に、二人はいつの間にか握手を交わして、そのまま握り合って話している。私はその声を聞き取るために近づいた。

「お父さんに言える？」

「言えるよ」みどりさんは笑いもせず静かに答えた。「そうしたいって思って、そうするって決めたんだ。二人のおかげで」

「うん」

「引っ越したら手紙を書くからね」

くり返しの「うん」は震えて声にならなかった。「住所——昨日書いたやつ。あたしの字、汚いけど読めるよね？」

「大丈夫」とみどりさんは微笑んだ。

「あたしも、返事書くからね」

「うん。それで、遊びにおいで」

「その頃には」と私も口を出した。「Jリーグも再開してる」

「カシマスタジアム」それでも亜美は涙だけはこらえていた。「観に行く、三人で」

「そうだね」

握り合った手から小指だけ残して引っ掛け合い、二人はそろって私を見た。その動きが、亜美の目になみなみ湛えた涙を二つ三つこぼさせたのは見ない振りで手を伸ばし、小指をかけた。

「約束だよ」

不格好な指切りをして我々は別れる。道を分かれてすぐに見えなくなるのがいやだからと亜美が言って、二人で坂の上から見送る。動きのない木漏れ日の中をアントラーズのキーホルダーが揺れる。振り返った顔に、出会った時のメガネはない。

「応援してるからね！」とみどりさんは拳を上げて、手を開いて横に大きく振った。お互いにいつまでもそうしているうちに見えなくなった。

誰もいない坂道に背を向けて「さて」と私は言った。「本を返しに行くか」

「忘れちゃってたよ」亜美はまだ坂の下を見ている。「そんなこと」

「色々あったからな」

「色々」と坂の下までそっと転がすように言った。「忘れないね」

我々は右へ進み、大樹の間、落葉や苔むした木の根を横目に土道を行った。風はおいそれと森に立ち入れないが、奥宮を離れるにつれて水はけは悪くなり、樹冠の隙間を抜け落ちた朝の雨が、あちこちに大きな水たまりをつくっていた。

道幅が膨らんで陽光が柱のように降りている要石の前は特にひどく、ほとんど一面が水浸しだった。それを縫って、亜美は鳥居と結界で区切られたところを覗き込んだ。石が地上わずかに顔を出し、小銭にまみれている。

「何、これ」

私は傍らの看板を見つつ「古代、神様がこの石にお座りになられた」と言った。

「地中深くまで埋まって、そのてっぺんが頭を出している。その昔、水戸黄門が七日七晩にわたって掘らせたが、底までは辿り着かなかった」

亜美は結界に腕をかけて顎をのせ、石を見下ろしたまま黙って聞いている。

「この石は地中で、地震を引き起こす大鯰の頭を貫いてるって」腕の陰から差し向けてくる呆れたような目にもめげずに続ける。「で、大鯰の尻尾の先は、香取神宮にある要石に貫かれている。二つの石で鯰を押さえつけて、地震を起こさせないようにしている」

香取神宮はみどりさんが一人で寄ったところだと気付いたかはわからなかったが、そこで亜美が石に目を落とし、地中深くをじっと探ろうとしているように思えたのだから、私もまずまず感傷的な気分になっていたのだろう。しかし、そんな気分の中に風景はあるのである。

そこから先は、樹叢《じゅそう》に人ひとりがやっとのぬかるんだ小径だ。道の終わりは森との境、近づくほどに幹の格子が枠を広げ、枝下に外の明るみが染みだして、もう車の往来さえ目を掠める。

国道へ出て南へ戻り、さっきは三人で曲がった大きな交差点を対角に眺めながら、市役所通りをさっきと逆に入った。みどりさんが色々な手続きをするはずの市役所の広大な駐車場は土曜で車がほとんどない。しばらく東へ進むと、車通りは目に見えて少なくなった。鹿島台地がまだ見えない海岸に向けてゆるやかに下がっていくのがよくわかるところを、我々はさすがに痛む足で下って行った。やがて見えた広い道と交わる交差点のさらに奥の地平線に、いくつかの白い風車がゆるやかに回っている。交わる道はアントラーズ通りというクラブハウスとスタジアムを結ぶ道だ。

「じゃあ、あっちに行ったらスタジアムなんだ」通りに出て左を見たところで、亜美は「あれ?」と高い声を出した。右見てまた左見て「ここ、見覚えある!」と叫んだ。「合宿所、もう、すぐそこだよ」と走って行く。

入り口の前まで来ると、リュックを下ろして引きつる筋肉に呻きながらしゃがみ、ボールの奥から本を取り出した。書名に興味を抱かずにきたとはいえ、目に入るならすっかり知りたいという気持ちが私にもあって注視したが、見慣れない書店のカバーがしてあった。

感付いたか、「何の本か知りたい?」と亜美は言った。

「いや」と気のない返事をした。要石の隠れたところを思い浮かべながら「別にいい」と言った。

「ふーん」と亜美は興味なさそうに喉を震わせて、それっきりだった。「なんか急に緊張してきた。怒られないかな」

「遠路はるばる本を返しに来た小学生を怒らないだろ」

「そうかな、不安だなー」

「一緒に行ってやるから」

驚いた顔で私を見上げたのが意外だった。それから亜美は、私の背後に地平線まで続くアントラーズ通りに視線を、次いで声を落とした。「来なくていいよ」神妙な顔で立ち上がると、「一人で行ってくる!」と元気に言った。

駐車場奥の建物まで歩いていく亜美の後ろ姿とみどりさんの同じ姿が、目的を持った頼もしい足取りを頼りに重なる気がする。亜美の姿が開け放されているガラスのドアの奥に消えると、閑散とした駐車場が広がった。

一人待っている私の方は、はっきりした目的というものを久しく名指せずにいるような気もしていたが、この旅を書くことで、その足取りの頼もしさを確かめたいのだと今ならわかる。ただ大事なのは発願である。もう会えないことがわかっている者の姿を景色の裏へ見ようとして見えない、しかしどうしようもなく鮮やかに思い出されるものがある。その感動を正確に書き取るために昂ぶる気を抑えようとするこの忍耐も、終わりに近づいてきた。

ドアのところに亜美が見えた。中に向かってしきりにおじぎすると、踵を返して駆けてきた。返せた返せたと嬉しそうに、少し軽くなったであろうリュックを背負い直す亜美に、よかったなと声をかける。来た道を戻りながら、亜美はしきりに建物を振り返った。

「どーせ気付かないんだから、もらっちゃえばよかったのに」亜美は私の横に並びかけながらしゃがれた声色になった。「って言ってた」

「ほんとだよ」

「あと、手賀沼から歩いてきたって言ったらびっくりしてた。あと――」と口走ったのを「いや」と堰《せ》き止め、踏み出した足を爪先立ちにぴょんと伸びあがってすまし顔する。「やっぱ秘密にしておこう」

「なんだよ」

「すみませんなぁ」とふざける声はやや虚ろで、後も続かなかった。

私はなんとなく空を見た。旅の目的がすんでしまって、後は帰るだけ。このまま少し先の交差点を左に曲がれば、また駅の方へ戻る道だ。

「合宿所のおじさん」亜美がぽつりと言った。「あたしのこと覚えてたんだよ」

私は独り言のままにしておいてやろうと黙っていた。

「最初はわかってなかったけど、途中で思い出してくれたの」

交差点まで来て、渡る用はないのに我々は立ち止まった。何台も並んだ大きなトラックが排気を色濃く重ねながら通り過ぎていく。きっと鹿島港へ向かうその行方を追うように、亜美は一直線のアントラーズ通りをじっと見据えた。横から見た瞳は、光に晒され鳶色《とびいろ》を発し、奥まったところにある黒い虹彩をくっきり浮かべていた。

「今までうちに来た女の子の中でいちばん上手かったから、覚えてるって」

誇らしげな調子に微妙なものが混じったのを聞き取って、私の口は自然に動いた。「男の子も入れたら何番ですかって」慰めのつもりだった。「言ってやればよかったのに」

亜美は誇らしげな笑顔で振り返った。「言ってやった！」

「そしたらなんだって？」

「五本の指に入るって」弾んだ声は次を急ぐ。「てことはさ、今回の旅で三番目くらいにはなったんじゃない？」

「二番だ」と私はきっぱり言った。「だから」

「だから？」

「練習しないとな」

長旅に重くふやけた体の疲れも手伝って、我々は何がどうなっても構わないような妙な気分で、自分の気持ちがどちらに転んでいくかもよくわからないまま、心に適った言葉を遠慮なく、相手に任せて口から滑らせていたようだ。

だから亜美は「海が見たいな」と言った。

気にも留めずに通り過ぎていた案内標識には、右へ曲がれば海水浴場だと書かれていた。その道の先にある大きな風力発電機には、鹿島アントラーズのロゴが記されている。それを喜び、清潔そうな白煙をたなびかせる煙突を右へ右へと回しながら歩くと、風車はますます大きく見えてきた。生き物のようになめらかに、しなやかな三本の羽を回している。車もまばらな海水浴場の駐車場に出てその足下を過ぎる頃には、耳を切る風音に加えて、かすかな波音が耳に届くようになった。やがて、遠浅の砂浜と遥かな海が眼前に広がった。

「海だ」

川や沼を横目にさんざん歩いてきたけれど、水平線を弓なりに引いた海の広さは言葉にならない。生きてさえいればわかるような単なる違いだが、その違いが驚きと感動そのものになってこの生を思わせる。高揚しながら落ち着いていく不思議な心根に応じるような柔らかい砂を踏みながら、小さな港と人気のない海水浴場とを隔てている防波堤の方になんとなく向かった。

足場の良いところを見つけた亜美が「リフティングしていい？」と訊いた。私も座って書くつもりだった。

「これが最後の練習だな」

「この旅ではね」少し寂しげに聞こえたのはたぶん波音のせいだろう。ゆるんだ風にのせられた真言は、いつもと変わらぬ響きだったから。「のうまくさんまんだ　ばざらだん　せんだ　まかろしやだ　さはたや　うんたらたかんまん！」

三月十四日　14:07〜15:15

砂浜には誰もいない。大きな弧を描いた水平線をはるか遠くに置いて、高い白波が砕けながら打ち寄せては引いていく。絶えずなめられている砂の一帯に高い空の青が映り、鯨や海豚の肌を思わせる鈍い群青の照りをまとわせていた。防波堤の内で、体の上下を灰黒と白に分けた鳥が、ぽつんと浮かんで羽繕いをしている。冬羽のカンムリカイツブリかと思ったが、つぶらに見える虹彩に、黒っぽいくちばし、背中に細かく浮いた白い斑がそうではないと見分けさせた。本来、あまり海岸にはいない鳥だが、沖が荒れているので逃れてきたのだろう。頭だけを水中に差し入れてすいすい泳ぎながら獲物を探していたが、ふいに体を立ち上げ、足だけを水中に、その場で何度か羽ばたきながら体から頭までを震わせた。穏やかな水面に浮かんだ白い腹は、私を大いに喜ばせた。夏羽になると、頭から首まで鼠色に覆われて、喉元に赤褐色が浮かび上がる。姉から子供につける予定の名を教えてもらった時、私は半ば冗談の体で、漢字はそのまま読み方だけをこの鳥の名にしたらどうかと提案したことがある。私がそんな出過ぎた真似をしたことなど一度もなかったから驚いていたが、ちゃん付けの似合うその名を、もともと「どれみ」とか「おんぷ」とかいう名前に親しみを持っていた姉は気に入った。出生届のよみかた欄にその名が記入されたのは、この鳥の身体的特徴を聞いた義兄が喜んで賛同したからだ。くちばしが上に反り、いつも上を向いたように見えるこの鳥の名前をアビという。このことが明かされず、「美少女のビ」だと信じている当人は、ボールをのせた右足を軽く前に出して保持しているところだ。風があるから簡単ではない。それを背にして少しでも遮りながら、ボールの行方に合わせてけんけん流れてバランスをとっている。もう保てないとなったところでボールを跳ね上げ、そのままリフティングを始めた。ボールを膝までしか上げないように柔らかくした足先を当てていく。時々乱れて腿に逃げて回数を稼いでいるが、それを反省したかのように、インステップで高く真っすぐ上げる蹴り方も交ぜ始めた。無茶だと思ったら、案の定、ボールは風にあおられて砂の上に落ちた。見られているとも知らない一人きりなのに、腕を揃え、大げさに膝をついて前のめりに倒れた。少しばかりそのままでいたが、リュックに噛ませたベンチコートが風で飛びかけるのに気付いて立ち上がり、慌てて押さえにかかる。膝立ちのまま一息ついてしばらく打ち寄せる波を見ている亜美は、私が書いていることなど知らないだろう。急に私の方を振り返った。節々痛そうに立ち上がり、あるもの全部抱えこんで、ベンチコートをひらめかせながら走って来る。

「これ持ってて！」と押し付けられた。

私の荷物と一緒にしてやりながら、私は波止場の内にアビを捜した。緑がかって波打つ海に潜っているのか飛び立ったか、見当らない。

「風がないとこでもうちょいがんばる。ゆっくり書いてていーからね！」

アビはだいぶ離れた海面に現れた。この鳥もまた、彼女の好きな鳥と同じ潜水と魚獲りの名人なのだ。そちらを向いたらもう遠くなっていた元気に満ちた後ろ姿の名前の由来を、私はそのまま伝えそびれてしまった。これ以上の機会があるはずもなかったのに。

この旅で風景を書く時はいつも亜美がそばにいた。その姿をようやく書き込んだこの時の描写は、見開き二ページにわたるいちばん長いものだ。押さえつける左手がノートののどに詰まった砂粒を見つけながら、対の右手でここに書き写すのは酷な作業だった。私がこの目で見た亜美の姿が、同じように流れる言葉が、あの時はこらえていたはずの感動が、あの浜へ私を飛ばして手が止まる。そのたびにまた会えるけれど、もう会えない。この練習の息継ぎの中でしか、我々が会うことはない。

亜美はすぐ横、防波堤の陰に飛び降りた。つかんだ砂を落として風を確かめると、私を見上げて親指を立てた。同じ指を返し、それぞれの練習に戻る。アビもまた潜り、しばらく後で、遠いところへ浮かび上がった。波に揺られる鼠色をぼんやり見る目に、防波堤の切れ目まで満ちている海の緑青と、遠くに雲を霞ませて透き通る空の薄青が滲んでくる。陽光に照らされた二つの青を行き来させるような調子の良さで、リフティングの音が絶え間なく響いている。受け取ったベンチコートの端を尻に敷き、防波堤をはさんだ陸と海に同じ名前の両者を感じる僥倖がこの手に催す震えを抑えながら、私はひそかに書いている。願いをよそに、ただしなんだか願いの通りに姪っ子が育っていくのを、鳥でも見るように眺めるこの歓びを何と言えばいいのか、今もってわからないのだ。

257

亜美が新記録で終える少し前に、みどりさんから私の下に連絡が来た。カシマスタジアムをバックに自撮りした写真つきで、我々は大いに喜び、祝福のメッセージを送信して、こちらも目的を果たしたことを告げる。すぐに来た似たような返事を、亜美は感慨深げにしばらく見ていた。

「電話していい？」

「もちろん」

亜美は浜をぐるぐる歩き回りながら新記録の報告をすると、みどりさんにも海を見に行くように伝え、「スタジアムの近くに海があるなんて、いい町だね」とわかったようなことを言った。その後、亜美はスマホを耳に当てたまま、しばらく何も言わずに歩き回っていた。

ゆるい海風に撫でられながら、この旅に亜美を連れ出してよかったと思う。私がこの姪っ子につけようとした導きの糸はもうこの砂にまぎれて見えないし、途中でとうに切れているだろう。彼女は自分の足でここまで歩いてきたのだ。

長い旅はいよいよ帰路を辿り始める。途中、ドラッグストアの店頭に二つだけ置かれたトイレットペーパーのパックを見つけ、慌てて購入した。大きすぎるビニール袋を断ってセロハンテープで持ち手をべたべた補強している亜美に、まっすぐ帰ろうと私は言った。

亜美は急に心配そうな表情を浮かべて、私の顔をじっと見た。

「鳥の博物館は?」忘れかけていた私に言う。「まだぎりぎり間に合うんじゃない?」

「トイレットペーパー持ったまま行くのもな」と私は言った。「また今度、付き合ってもらうよ」どうも沈んだ調子になってしまったのが気になって、私は強い口調で付け加えた。「約束だぞ」

そんな気遣いだって見越したはずだが、亜美は「うん」と頷く頃にはとびきりの笑顔になって「約束する！」と拳を振り上げた。「シューズ履いてボール持って、ちゃんと休みの日も調べてさ」

我々は乗客の少ない鹿島線に乗り込むと、誰もいない車両のボックスシートに向かい合って座り、この旅で見た数々の鳥について話した。鹿島神宮駅を出ると、すぐに北浦にかかる長い長い鉄橋だ。見渡す限りの湖面よりも電車を避けて橋梁から離れる水鳥が気になる亜美は、白いくちばしでオオバン、雄の頭の色からヒドリガモを見分けていった。

岸が近づいてきた時、我々はほとんど同時に、コンクリートの岸壁に羽を広げたままでいる鳥を見つけて声を上げた。

「カワウ！」

立ち上がって二人、橋を渡り切って見えなくなるまで窓に張りついて見送る。

「あたしさ！」そのまま大きな声を上げた亜美の口元、冷えたガラスが小さく曇った。「将来、サッカー選手になった時のゴールパフォーマンスも決めてるんだ、見て！」

亜美は通路に飛び出ると、こちらを向いて両手を広げ、斜め上を見上げた。

旅のあれこれが胸に迫って言葉にならず、拍手だけを送る。満足げな顔の、目だけが私の方にきょろりと向いて、解説が加えられる。

「これがいいのはね、実は喜んでるんじゃないってとこ。このポーズをすると、カワウが羽を乾かすみたいに、次への準備をしなきゃってのを思い出すわけ」

私はこの旅で姪っ子がものにした志に感動するのを「それはいいな」なんて気安い一言ではなく、今この心にあるような、もっと言葉を尽くした最大限の賛辞を、くどくど聞かせてやればよかった。

「それで、みどりさんにも見てもらうんだ」上を向いて相手の顔を思い浮かべる、優しい心を称えてやればよかった。「一生応援するって約束してくれたからさー」

「中学入ったら、試合に呼べばいい」

カワウの体勢のまま、レギュラーになってから呼んだ方がいいかとか、でもみどりさんが引っ越す前にレギュラーになっちゃったらどうしようとか、調子のいいことをひとしきり喋ってから、亜美はふと神妙な顔で窓の外を眺めた。

「旅も終わりか」そうつぶやいて、席に仰向けに寝転がる。

しんみりしていると思ったから、天井を向いたあまりに明るい笑顔を見て、私はなぜか泣きそうになったのを覚えている。だから――。

「あたし、この旅のこと、ぜったい忘れないよ」

「そりゃよかった」なんて微笑むのではなく、何ものにも代えがたい素晴らしい旅の時間をともに過ごした喜びの涙を、今ではなく、あの時に流して、笑われればよかった。

「本も無事に返せたし」

亜美が生まれて初めてただ一冊、楽しんで読んだ本の題名を訊いておけばよかった。この旅で何度呼んだか知れない名前の由来を教えてやればよかった。

「次の旅は夏休みかな。みどりさんに会いに行って、カシマスタジアムで試合見るの。あたし、同じ道をもう一回歩いたっていいよ。すっごい楽しかったからさ」

「夏はしんどいぞ」

「いいよ、別に。練習だもん」その言葉で大事なことを思い出したように「そうだ」と言って体を起こした。「訊かなきゃいけないことがあったんだ」

姿勢を正した亜美のまっすぐな瞳を、私は見返した。

「あそこ、観音寺でみどりさんを待ってる時、上で書いてた?」

事実の通りに答えた私に向けられたのは尊敬の眼差しだった——と書くのは、ちょうど窓から差し込んでいた西寄りの日に頼んだ傲慢かも知れない。でも、私はその眼差しに見合う自分でありたいという一心で、亜美の真言を写して共に唱えつつ、終わりのない練習をひとまずここまで続けてきたのだった。

それからのことは、亜美が鬼の首でも取ったように家の玄関でトイレットペーパーを掲げたことと、一人で練習して帰るたびにシューズを念入りに磨いていたらしいことぐらいしか書きたくない。帰ってすぐの三月下旬から首都圏での感染が広がり、私も亜美と会わないようにしていた四月七日に緊急事態宣言が出された。亜美がひどい交通事故にあったのはその雰囲気が少しずつ緩み始めていた五月一日で、小学校の友達に誘われて遊びに行くところだったという。

私はしばらく練習をサボった。遠く遠くまで歩いた季節も過ぎ、冬鳥が姿を消し、緊急事態宣言が解かれて六月になっても、まだみどりさんからの便りはない。コロナ禍で計画が思うように進んでいないのかも知れないが、宣言通りにきっと一人で頑張っているのだろう。その首尾よい報告はいずれ亜美の家に手紙で届くはずで、我々はそれを心待ちにしていたのだ。足を運べるはずもない状況で訃報を受ける心を気遣い、私はどうしても連絡できないままでいる。

亜美が中学に提出するはずだった日記は私の手元にある。旅から帰ってすぐ、疲れた体で書いたらしい最後の日記には、共に旅した我々への感謝が、誰の助けもない拙い文で、相変わらずのひどい字で、ただしどう考えても心を込めて綴られていて、それが何度も書き直されている跡を見るだけで、私はいくらでも泣いた。終わりの方に書いてある「鳥の博物館に付き合う」という約束は今も約束のままだ。だから、二十三センチのモレリアは綺麗に磨かれたまま私の家の玄関にある。

引用・参考文献

赤松宗旦著、柳田國男校訂『利根川図志』岩波文庫、一九三八年
岡邦行『神様ジーコの遺言《メッセージ》』三一書房、一九九四年
岡谷公二『柳田國男の恋』平凡社、二〇一二年
岸田光道『神様がサッカーを変えた』立風書房、一九九四年
高校地理教育談話会編『開発と地域の変貌——鹿島臨海工業地帯』大明堂、一九七五年
小島信夫『アメリカン・スクール』新潮文庫、一九六七年
ジーコ『ジーコ自伝——「神様」と呼ばれて［新装版］』浜田英季監訳、朝日新聞社、二〇〇二年
瀧井孝作『無限抱擁』講談社文芸文庫、二〇〇五年
田山花袋『水郷めぐり』博文館、一九二〇年
田山録弥『定本花袋全集14』臨川書店、一九九四年
坪井潤一『空飛ぶ漁師カワウとヒトとの上手な付き合い方』成山堂書店、二〇一三年
中尾正己『手賀沼周辺の水害——水と人とのたたかい四〇〇年』我孫子市叢書、一九八六年
町田茂『房総の馬乗り馬頭観音』たけしま出版、二〇〇四年
安岡章太郎『利根川・隅田川』中公文庫、二〇二〇年
柳田國男『柳田國男全集2』ちくま文庫、一九八九年
柳田國男『柳田國男全集24』ちくま文庫、一九九〇年

初出　「群像」二〇二〇年一二月号

乗代雄介（のりしろ・ゆうすけ）

一九八六年北海道生まれ。法政大学社会学部メディア社会学科卒業。
二〇一五年「十七八より」で第五十八回群像新人文学賞を受賞し、デビュー。
二〇一八年『本物の読書家』で第四十回野間文芸新人賞受賞。
著書に『十七八より』『本物の読書家』『最高の任務』
『ミック・エイヴォリーのアンダーパンツ』がある。

装幀　川名　潤
装画　尾柳佳枝

旅《たび》する練習《れんしゅう》

二〇二一年一月一二日　第一刷発行
二〇二一年六月一日　第七刷発行

著者——乗代雄介《のりしろゆうすけ》

© Yusuke Norishiro 2021, Printed in Japan

発行者——鈴木章一
発行所——株式会社講談社
東京都文京区音羽二—一二—二一
郵便番号　一一二—八〇〇一
電話　出版　〇三—五三九五—三五〇四
販売　〇三—五三九五—五八一七
業務　〇三—五三九五—三六一五

印刷所——凸版印刷株式会社
製本所——株式会社若林製本工場

本書のコピー、スキャン、デジタル化等の無断複製は著作権法上での例外を除き禁じられています。本書を代行業者等の第三者に依頼してスキャンやデジタル化することはたとえ個人や家庭内の利用でも著作権法違反です。

落丁本・乱丁本は購入書店名を明記のうえ、小社業務宛にお送りください。送料小社負担にてお取り替えいたします。なお、この本についてのお問い合わせは、文芸第一出版部宛にお願いいたします。

定価はカバーに表示してあります。

JASRAC 出 2010196-107
ISBN978-4-06-522163-1